メディアワークス文庫

宮廷医の娘５

冬馬　倫

JN073382

目　次

十一章　太子の夜溺

中原国《なかはらこく》という国がある。

世界の中心に座する平原の国の略語であるとされるが、真偽は定かではない。中原国の歴史は数千年に及び、誰もその由来を確かめることができないからだ。

ただ大陸の中央に位置し、文化経済の中心地であることはたしかだった。赤河《せきが》と青江《せいこう》と呼ばれる大河を中心に発展し、肥沃な大地に一面田畑が広がっていた。

政治制度は中央集権型で、国土は一五の州と一一八二の県に分割されており、人口は戸籍に記載されているものだけで三〇〇〇万人を超える。

世界広しといえどこの規模の国は他に存在しない。

西方の雄ともいえる大沈国《だいちんこく》ですら、二回りは規模が劣るだろう。

まさに並ぶもののない大国であったが、その大国も斜陽のときを迎えていた。

北方で勃興した騎馬民族の侵略に悩まされていたのだ。北胡《ほっこ》と呼ばれる蛮族に国土の北半分を奪われ、最後の防衛拠点である南都《なんと》目前まで軍を進められていた。

東方には東夷《とうい》と呼ばれる国々が割拠し、東の島国である蓬萊《ほうらい》からは海乱鬼《かいらぎ》と蔑まれる海賊衆が中原国沿岸部に略奪にやってきていた。

また南方の南蛮《なんばん》の諸部族にも反乱を起こされ、何度も鎮圧軍を派遣していた。

その状況は〝斜陽〟を通り越して〝黄昏《たそがれ》〟である。とは中原国の清流名士たちの言葉であったが、彼らの言葉は正しい。

かつて大陸に覇を唱えた中原国の凋落《ちょうらく》は誰の目からも明らかであり、もはや過去の栄光は地に落ちていた。

中原国をこの大陸の覇権国家と承認し、従属する国は僅かとなっていたのだ。

その数少ない国の中に寧夏《ねいか》という国がある。

西戎《せいじゅう》とも呼ばれる遊牧民国家で、代々、中原国に朝貢することによって主権を認められてきた国だ。寧夏国の王は忠誠の証《あかし》として息子を人質に差し出すことが慣例となっていたが、九代目の王・芽師津号新《めしづごうしん》もその例に倣っていた。自身の長子である芽師津保案《ほあん》を中原国の南都に送り出していたのだ。

ただ寧夏国の王は悩みを抱えていた。長年の伝統を鑑みて息子を中原国へ送っていたのだが、昨今、その中原国の凋落が著しいのである。それとは対照的に北方の蛮族である北胡の勢いは凄《すさ》まじい。

同じ騎馬民族としては心穏やかではないものがあるが、王としては個人的感情に囚《とら》われるわけにはいかなかった。

指導者として決断をしなければいけないのだ。

つまり零落しつつある中原国を裏切り、日の出の勢いの北胡に従属し、安寧を図るか。あるいは伝統に則《のっと》り、あくまで中原国を盟主と崇《あが》め、北胡に対抗するか。

難しい選択であったが、近い将来、どちらかを選択せねばならないだろう。

もしも前者を選べば人質である息子の保案は死ぬことになるだろう。人の親としては悲しいことであるが、王としては涙に値せぬことであった。なにせ号新はかつて国を守るため、自分の息子を殺したことがあるのだ。再び子殺しに手を染めることになるかもしれないが、今さら善人ぶったところで極楽浄土にいけるとは思っていなかった。そもそも遊牧民である号新にとって現世利益こそがすべてであり、僧たちが語る道徳観など家畜の糞《ふん》ほどの価値も感じていなかった。

†

陽香蘭《ようこうらん》は白蓮《びやくれん》診療所で働く見習い医であるが、週に一回、東宮御所に参内する宮廷医見習いでもある。どちらにしても見習いという言葉が付くが、それは自身の不徳のせいであった。先日行われた医道《いどう》科挙《かきよ》に合格していれば見習いという文字が取れていたのだ。

「つくづく惜しいですね」

とは共に診療所の門前を掃除する同僚の言葉だった。彼の名は陸晋《りくしん》、白蓮診療所で働く先輩である。

先輩といっても香蘭よりも年下の少年であるが。彼は香蘭の師匠のように「四回も試験に落ちた無脳」などと香蘭を馬鹿にすることはなく、ことあるごとに慰めてくれる。

「医道科挙はこの国で、いえ、この世界で一番難しい試験。一〇度受けて一人前という言葉もあります。あまり気落ちしないように」

とか、

「人間、万事塞翁が馬、医道科挙に落ちたのは天の配剤かもしれません。この一年、白蓮診療所で市井の民と向き合うことによって己を高めることができるはずです」

とか、少年とは思えないような言葉をくれる。その思慮深さ、落ち着きはとても年下に見えない。もしかしたら見た目が子供なだけで中身は大人なのではないだろうか。そのような疑念を持ってしまった香蘭は率直に尋ねる。

「そういえば陸晋の年齢を聞いたことがなかった。陸晋は何歳なんだ？」

「一二です」

と真顔で冗談を言うのは白蓮の薫陶が色濃いからだろう。ただすぐに、冗談ですよ、と付け加えるのは師とは決定的に違うところ。陸晋は師と違って根が善人なのである。

「本当は一三歳です」

「わたしより四歳下なのか」

順当というか見た目そのままなので驚きはない。

「一三歳ならば医道科挙を受けられる年齢だ。来年は一緒に会場に行けるかも」

「いえ、それはありません」

断言をする陸晋。

「なぜだ？　陸晋は医者になりたくないのか？」

「なりたくないことはないのですが……」

歯切れが悪いので問い詰めると、陸晋はぽりぽりと己の後頭部を掻《か》く。

「恥ずかしながら医道科挙に合格する自信がないのです」

「そうなのか？　陸晋は頭がいいのに」

お世辞ではない。一緒にいれば陸晋の聡明《そうめい》さは目につく。白蓮に言われたことは書き留めることなく記憶するし、医学の知識もそれなりにある。長年、白蓮の助手をしているだけはあり、実践的な医術は香蘭をしのぐ面もある。

そのように褒《ほ》め称《たた》えると陸晋は恥ずかしげに微笑《ほほえ》む。

「長年、白蓮先生のお側《そば》に置かせてもらっていますから知識だけは増えていきます」

「白蓮殿が口にする呪術のような薬の名前も書き留めることなく覚えてしまうのはすご

いと思う」

ロサルタンカリウム錠、ヒドロクロロチアジド錠、ロキサチジン酢酸エステル塩酸塩徐放カプセル、まるで呪術のような名前の薬も寸分違わず記憶し、一ミリグラムも処方を間違えることのない陸晋の記憶力は神掛かっていた。そのことを素直に賞賛すると陸晋は、

「生まれながらに記憶力がいいわけではないのです。覚えざるを得ないというか」

赤面しながら種明かしというか告白をする。

「実は僕は学習障害の一種を持っていまして」

「学習障害？」

「はい。端的に言いますと僕は文字が反転して見えるのです」

「なんと⁉」

「すべての文字が鏡文字のように見えるのです。だからまったく頭に入ってこなくて」

「わたしたちとは違うふうに見えているのか」

「はい。だから書物を暗記するのが苦手なんです。先生の言葉も口頭ならば覚えられますが、診断書《カルテ》を読むことはできません。まともに文字も書けなくて……」

「だから一字一句、聞き漏らさずに記憶しているのか」

「はい」

白蓮の言葉を聞くときの陸晋は神託を聞いているかのように真剣だ。患者の投薬量や処置を間違えないように、と懸命になっているのだろう。まずは書き留め、家に帰ってから何度も復習する香蘭とは真剣さがまるで違う。

もしも陸晋に学習障害がなければ香蘭の祖父と同じように最年少で医道科挙に合格していたことは疑いないが、医学だけではなく、四書五経《ししよごきよう》など啓蒙書《けいもうしよ》や学術書なども丸暗記しなければいけない科挙では陸晋の才能が評価されることはないだろう。つくづく惜しい、と嘆いていると陸晋は、

「最初は僕が慰めようとしたのに、あべこべになっています」

と指摘する。

「たしかに。木乃伊《ミイラ》取りが木乃伊になってしまった」

「でも香蘭さんらしいですよ」

くすりと笑う陸晋。香蘭も釣られて笑う。

香蘭と陸晋は生まれも育ちも異なる。性別や年齢など共通点もほぼなかったが、それでも妙に馬が合った。

まるで姉弟《きようだい》のようだ、とは言い過ぎであるが、従兄弟《いとこ》のようなと形容することは許されるだろう。

それを証拠に掃除という労働をしていても疲れることはなかった。作業中、延々と他

愛のない世間話をすることができるからだ。

†

陽香蘭は一週間のうち六日は白蓮診療所で働いているが、残り一日は東宮御所でご奉公に励む。

皇太子である東宮殿下の専属医として腕を振るうのだ。もっとも東宮殿下は二十代の健康体で大病するには程遠い。なので専属医としての香蘭の仕事は少ない。

仕事のし過ぎで疲労した身体《からだ》を労《いたわ》るように奏上したり、栄養価がある料理を提案したり、時折、聴診器を当てて異常がないか問診するだけであった。

東宮殿下はなにを尋ねても、

「無問題」

か、

「善きにはからえ」

としか言わないが。

健康に問題があれば口うるさく休養を迫られるので、多少の不調は隠す癖がついているのだ。だから香蘭は東宮の言葉は鵜呑《うの》みにせずに常に疑ってかかり、目をさらのようにして彼の身体の変化を探していた。

顔色、脈拍、筋肉の張り、まなこ、髪の艶、僅かばかりも変化を見逃さないようにしていたが、さすがに裸体をまじまじと見られると気恥ずかしいようで「穴が開くほど見つめるとはおまえの眼差《まなざ》しのことだな」と苦笑された。

「申し訳ございません。東宮様は嘘《うそ》がお得意なので」

「失敬な娘だな。私は嘘などついたことはない」

「そうでしょうか。先日もわたしが熱を測る前に口に氷を含んでおられましたが」

「涼を取りたかったのだ」

「あのときは冬でした」

「風流だろう」

「お陰でまんまと騙《だま》されました。熱があるのに公務に励んで倒れる寸前まで行くなんて……」

「寸前まで、だろう。倒れなかったぞ。おまえのおかげではあるが」

「わたしは見習い医です。神ではないのですから、今後、あのような無理をされると健康の保証はできなくなります」

「東宮などというものは常に命を狙われている。健康だけ保証されてもな」

「…………」

ああ言えばこう言う、と皮肉を言いたくなるが、東宮は〝あの〟白蓮の親友なのだ。口で勝てるわけがない。なので背中に手荒に湿布を貼って抗議をする。東宮も自分の非を心得ているので黙って受け入れてくれるが、ここまで臣下に甘い東宮も歴史上、珍しいであろう。

「おまえの湿布はよく効く」

「そのお歳《とし》で湿布を手離せないのもどうかと」

「仕方なかろう。毎晩、筆を執っているのだから」

「書き物は右筆《ゆうひつ》に任せてしまえばよろしいのでは？」

右筆とは貴人の代わりに書き物をする役人のことだ。普通、やんごとなきお方は文字を書かない。幼き頃から右筆に代筆をさせるので、文字が書けない貴人もいるくらいだ。それなのに我らが東宮様は頑《かたく》なに御自身で書き物をされる。

「右筆に任せれば書類を偽造されるかもしれない。それに私が書く命令書は国政を左右するのだ。一文字たりとも疎《おろそ》かにできない」

と主張する。生真面目すぎるのだろうが、白蓮に言わせれば「貧乏性」のいい見本だそうだ。なんでもこなす器用さと完璧主義が共存し、文字ですら自身で書かなければ気が済まない性格となっているようで。

一言で言えば、

「難儀」

な性格をされていた。部下に任せるところは任せ、もっと自分を労ってほしいのだが、なにを言っても言うことを聞くような〝たま〟ではないことは知っていた。東宮はこの国を豊かにし、外敵から国を守ることに命を捧《ささ》げているのだ。

臣下にして専属医である香蘭としては東宮の仕事中毒《ワーカホリック》を見守りつつ、健康を損なわないように留意するだけであった。

香蘭は東宮の侍従に筋肉の疲労回復によいとされる酢の物をお膳に出すように指示し、東宮の着替えを手伝う。

ちなみに東宮様は女のように細身な身体をされているが、筋肉が引き締まっている。白蓮の世界で言う細マッチョな体型をされていた。白蓮いわく、腐女子ならばよからぬ妄想をするとのことだが、残念ながら香蘭は腐ってはいなかった。

「……そもそも女子が腐るとはなんなのだ？　殭屍《キョンシー》の一種だろうか？」

と疑問に思ってしまう。

「ん？　なにか言ったか？」

東宮は不審な表情をするが、白蓮の世界の他愛のない話をするのもなんだと思ったので、なんでもありません、と答える。多忙を極める東宮も「そうか」とだけ言って、さっそく、侍従に硯《すずり》と筆を持ってこさせた。執務室はおろか、私室にまでうずたかく積まれている書簡の山、東宮様の仕事中毒には困りものだった。

†

中原国の宮廷、散夢宮《さんむきゅう》はきらびやかにして雅《みや》びやかであった。

東西南北の苑《えん》に分かれ、中央に皇帝の政務所がある。

その広さは一周するのに数日掛かるほどで、壮麗にして華麗な建物群はどれも息を呑むほど美しい。

もしも極楽というものが存在するのならば散夢宮のことを指すのだろう、というのが宮廷を訪れたものが等しく抱く感想であったが、香蘭はさして価値を見出《みいだ》していない。

豪華絢爛《ごうかけんらん》な建物を見ても、

「鷦鷯《しょうりょう》深林に巣くうも止まり木は一枝《いっし》に過ぎず」

という言葉しか浮かばなかった。

どんなに立派な建物に住んでも、どんなに広い敷地を持っていても、人間、寝るときは畳一畳あればいい。どんなに大金を溜《た》め込《こ》んでも一〇〇個の饅頭《まんじゅう》を食べることはできない。栄華も過ぎれば虚栄でしかなかったし、須弥山《しゅみせん》の頂に立ったとしても周りに誰も居なければ意味がないことを知っているのだ。

東宮いわく、

「その歳にしては達観しているな。前世の記憶を持っているのではないか？」

とのことであったが、残念ながら香蘭に過去生はない。

やたら人生経験豊富な白蓮、波瀾《はらん》の人生を歩んでおられる東宮とその腹心の岳配《がくはい》、貧民街で無償の医療を施す夏侯門《かこうもん》など、側に居るだけで人間的成長を得られる人物に囲まれているので自然とそういう思考を持てるようになったのだ。

白蓮などは口悪く、

「老成している」

と言うが、後の世で偉人と言われるだろう人々を間近で見られるのは有り難いことであった。

（多謝）

と心の中でつぶやいていると東宮御所の出口が見えてきた。ここまでもかなりの距離を歩かされたが、ここまで来てもまだ宮廷を出ることはできない。いったい、どれだけ広いのだということになるが、呪詛《じゅそ》してもなにも始まらないので歩みを進めようとすると、見知った人物が香蘭の前を横切る。

今朝方、白蓮診療所で一緒に掃除をした少年がそそくさと歩いていたのだ。

一瞬、見間違いかと思った。

掃除の名人こと陸晋がこのような場所にいるとは思えなかったからだ。香蘭は東宮の御典医であり、官位まで頂いているので宮廷に自由に出入りできるが、陸晋は違う。陸晋は無位無冠の少年で気軽に宮廷に出入りできる立場の人間ではない。

東宮様がお召しになられた可能性が脳裏をよぎったが、だとしたら先ほどお言葉をくださっていないのはおかしい。

頭の中に疑問が駆け巡るが、香蘭の灰色の脳細胞はぴくりとも活動しなかったので、安直な解決方法にすがる。直接声を掛けることにしたのだ。

「やあ、陸晋、こんなところでなにをしているんだ？」

気負うことなく、気軽に話し掛けたが、陸晋少年は香蘭の声を聞くと胡散臭《うさんくさ》そうにこちらを見つめてきた。

なんだこの端女《はしため》は、という表情を崩さない。というか実際、口にされる。

「端女とはひどい。ところで陸晋はなぜこんなところに？　白蓮殿の使いか？」

「さっきから陸晋陸晋って誰のことを話しているんだ？」

香蘭は陸晋を指さすが、少年は軽く怒気を見せる。

「俺は陸晋なんて名前じゃない。なんだ、そのありふれた範《はん》民族っぽい名前は」

「たしかにありふれているが、いい名前だと思うが」

「ふん、農民みたいな名前だ」

「陸晋は農民の子だろう」

「まったく、おまえは先ほどから無礼すぎるぞ。女でなければ手討ちにしているところだ」

話が剣呑《けんのん》になってきた。少年の表情は本気であったし、険もある。本気で腹を立てているのだろう。本物の陸晋ならばこんな表情は絶対しない。――ということはこの少年は別人なのか。

それを確かめるため、香蘭は質問をする。

「知らん」

「油汚れを取るのに一番役立つ洗剤は？」

「さんざん飲んだ後のお茶殻の使い道は？」

「家畜の餌にもならん」

「最近、白蓮殿がはまっている朝食は？」

「知るか」

質問を終える。ちなみに答えは「重曹」「掃き掃除」「鶏卵の粥《かゆ》」であったが、陸晋に似た少年は気にすることもなく、香蘭をまじまじと見つめてくる。

「まったく、わけが分からない端女だな。しかし、見た目は悪くない。――乳は小さいが」

　余計なお世話である。

「中原国の宮廷の女官は皆、人形のように生気がない。西域の娘とは比べものにならないくらい魅力がないと思っていたが……」

　だが、おまえは違うようだ。いい女だな、と続ける。

　次いで陸晋に似た少年は信じられない行動に出る。

　香蘭の前で片膝をつくなり、香蘭の顎をくいっと持ち上げ、まじまじと香蘭の顔を観察すると、陸晋ならば絶対に発しない台詞《せりふ》を口にする。

「──気に入った。おまえ、俺の女になれ」

　この時点でこの少年は陸晋ではない。そう確信した香蘭は彼の名前を尋ねる。

「俺か？　俺の名前は保案。芽師津保案だ」

　その名、その格好を鑑みるに、少年は西域の出身、それも高位のものだろうと推測することができた。事実、少年は西戎の諸国のひとつ、寧夏国の王子なのだそうな。

「王子さまか……すごいな」素直に感嘆するが、保案はもっと驚け、と居丈高に言う。

さらに「俺の子を産めば栄達するぞ」と調子に乗るが、一三歳前後の少年に言われても響かない。

　ただひとつ分かったことは、保案は陸晋とは正反対の少年で、とても軟派で女好きであるということだ。同じ姿、顔立ちをしているのにここまで性格が違うのは珍しい、と思った。

†

中原国の西側には西戎人と呼ばれる遊牧民が住んでおり、いくつかの王国が存在する。それらの国々は中原国から従属国として承認され、支援を受けることを引き換えに、人質を差し出したり、貢ぎ物を送ったりしている。いわゆる冊封《さくほう》体制に組み込まれているのだが、保案の母国、寧夏国はその典型例だった。

寧夏国の王は軍事的、経済的支援を受ける代わりに己の子息を人質として南都に送り出していた。

保案は八年前にこの南都にやってきたという。五歳のときにやってきたことになるが、そんなに幼い子供が遠国の地で人質生活とは寂しかろうに、という感想しか湧かない。そのことを指摘すると保案は、「寂しいものか」とむきになる。

「すべての人間は女の股から生まれ落ちるが、いつまでも母親の乳を吸っていることはできない。人間、死ぬときは独りなんだ」

虚勢を張るかのように言うと、保案は自分の屋敷に来るように求めた。彼は人質であるが、同時に賓客でもあり、中原国の皇帝から立派な屋敷を賜っているのだそうな。

「俺の屋敷を見て腰を抜かすなよ」

とのことだったが、たしかに保案の屋敷は立派だった。西苑《さいえん》の一角にある建物と庭園は王侯貴族の風格がある。中原国の皇帝は人質にも最高の礼節を尽くすという政治的な宣伝も兼ねているのだろうが、それにしても立派だった。

「寧夏国は代々、中原国に忠誠を誓っているからな。他の属国とは違う」

屋敷の中に入ると見目麗しい女官たちがやってくる。「太子様、太子様」と保案の疲れを労る。靴まで女官に脱がせるのはやり過ぎな気もするが、本人も女官も気にした様子はなかった。保案は横柄な態度で女官に命令をする。

「宮廷で拾ってきた端女だ。西域の茶でも出してやれ」

ははあ、と茶を注《つ》ぎに行く女官。保案は「きびきびやれ」と声を掛ける。

酷《ひど》い態度であるが、一国の王子様をたしなめるのもどうかと思ったので、沈黙によって節度を守る。口をつぐんでいると香蘭が緊張していると勘違いしたのだろう、保案はにこりと微笑む。

「やはりおまえのような端女はこのように豪壮な暮らしに気後れするか。だがまあ気にするな。おまえが俺の女になればこの暮らしが普通になる」

保案はそう言うと軽やかな足取りで応接間の隅に置かれている壺《つぼ》に触れる。

「これは皇帝陛下に賜った青磁だ。崙朝《ろんちょう》時代の名品、武商《ぶしょう》作だ。これひとつで庶民の家が一〇〇軒は建つ」

保案は壺を撫《な》でる。おまえにも触らせてやろうか？　と無邪気に尋ねてくるが、謹んでお断りする。

「欲のない端女だな。ならばこれはどうだ？」

続いて反対側に置かれた鹿を指さす。

「これは俺が初めて仕留めた獲物を剝製にしたものだ。まだ寧夏国に居た頃に仕留めたものだぞ。南都郊外にも鹿はいる。今度一緒に狩りに行こう。俺の弓術を見ればおまえも俺に惚《ほ》れるだろう」

香蘭は首を横に振る。

「なんだ。強い男は嫌いなのか。これだから中原国の端女は。ならば着物か？　今、着ているものよりも上等な着物を贈れば俺に惚れるか？」

「この着物は父母に買って貰《もら》ったものです。父が汗水垂らして働いたお金で買ったもの、母が心を込めて選んでくれたものです」

「安物だ」

「わたしには宝物ですよ。代えがたいものです」

「ふん、貧乏人の強がりだな」

「…………」

さすがに腹が立ってきたので、封じてきた口を開放する。

「保案殿下、謹んで申し上げたいことが」

「なんだ。物見遊山の話か？　遠出は陛下に禁じられているが、頼み込めば一回くらい寧夏に帰れるかもしれないぞ」

「そのような話ではございません」

「ならば子供の数か？　好きなだけ産ませてやるぞ。男ならば俺に似て勇敢な子に育つだろう。女ならばおまえのように美しく育つ」

「そのような話でもございません」

「ならばなんなのだ？」

「わたしは殿下の女にはならないということです」

「なんだ。女では不服か？　しかし妻にはしてやれぬ。父上は俺の妻に西戎人を望むだろう。あるいは政略結婚で中原国の王族と結婚せねばならないかもしれない」

「妻にもなりません。それどころかわたしはあなたの友にもなれないでしょう」

「……なんだと、なぜだ？」

「答えは簡単です。あなたには人の心がないからです」

「…………」

「あなたは人の心を軽んじている。お金で人の心を買うことはできないのです」

「しかし、女官どもはなんでも言うことを聞くぞ。絹を与えれば犬の物真似《ものまね》もする」

「どこまでも可哀想《かわいそう》なお方だ。あなたを思って叱ってくれる人がいなかったのでしょう」

香蘭は心の底から少年を哀れんだが、少年を更生させてやる義理もなかったので席を立つ。

「待て、どこに行く気だ、端女」

「仕事がありますので。病気で苦しんでいる人々がいる」

「病人は悪徳を積んだから病気になったのだ。前世でろくでもないことをしたから病に罹《かか》ったのだぞ」

「その考え方は間違っています。ですが、もしもそうなのだとしたら、あなたは来世で病に苦しむことでしょう」

そのように告げると保案に背中を見せるが、応接間を出るとき、くるりと振り返り、彼の目を見つめながら、まっすぐに言い放った。

「もう、お会いすることはないでしょうが、わたしの名前は陽香蘭です。端女ではありません。あなたが犬の物真似をさせた女官にも人の名前があります。一日でも早くそのことを思い出せるように祈っております」

「…………」

保案は香蘭の気迫に呑まれ、ただ呆然《ぼうぜん》と立ち尽くしているしかなかった。

†

「――ということがあったのです」

香蘭は白蓮に先日あった出来事を話す。

白蓮は詰まらなそうに「ふうん」と言った。

香蘭は腹を立てたりはしない。白蓮はそういう性格であったし、そもそも今は患者の診療をしている。盛大に転んだ大工に赤チンを塗っているだけであるが、それでも医療行為には変わりない。白蓮は赤チンを塗るときですら手を抜かないのである。

ただ命に別状がないと確信すると意地が悪くなるが。痛みを訴える大工に、

「酒の匂いがするぞ。仕事帰りに酒を飲んで転んだのだろう。自業自得だ」

と言い放ち、最後に赤チンの塗り口をぎゅうっと押しつける。屈強な大男である大工は「痛い、痛い」と泣きわめくが、お構いなしである。

「酒は百害あって一利なしだ。慎め」

そのまっとうな戒めも、白蓮本人が大酒飲みなので説得力がない。ただ、大工はそれ

を知らないので、「へい」と素直に返事して、治療費を払っていった。

「これだから酔っ払いは困るな」

同意を求めてくるが、苦笑いしか出ない。「白蓮殿も控えてください」と当たり障りのない台詞を漏らしていると、白蓮は話を戻す。

「――それで宮廷で陸晋に瓜二《うりふた》つな少年と出会ったそうだな」

「はい。本当にそっくりなのです。もしかして双子の兄弟なのではないでしょうか？」

「あいつの家族は全員死んだよ。虎狼痢《コロリ》だ。すでにこの世にいない」

「…………」

「あいつの親父《おやじ》が実は名うてのジゴロで世界各地に種をまき散らしていたのなら話は別だが、やつは母親似だ。そう聞いている」

「それならば血縁関係はなさそうですが、それにしてもそっくりでした」

「世の中、自分と似た人間が三人はいるそうだからな」

「そういうことなのでしょうね」

保案と陸晋がそっくりだからといって、別段、なにかあるわけでもない。香蘭も陸晋も同じように明日も生きるだけであった。

ただ、話の種としてこの運命めいた出逢《であ》いを話しておきたかっただけに過ぎない。それは白蓮も同じなのだろう。これ以上、話を膨らませるつもりはないようだ。

「それにしてもナンパされたことを自慢するなど、おまえも一丁前になったではないか」

「自慢などしておりません」

「ふ、まあいい。今、陸晋は使いに出ている。この意味が分かるか？」

「本人がいない間に噂話《うわさばなし》をするな、ですか？」

「違う。美味《うま》い茶を淹《い》れるものがいないということだ」

「わたしの不味《まず》いお茶で妥協する、と意訳すればいいのかな」

「不味いとは言わない。かろうじて飲める程度の技量はある。自分で淹れるよりはまし」

とだけ言っておこうか」

「まったく、なんと口の悪い」

ただ陸晋がお茶を淹れる名人であるのは事実。陸晋は茶葉選びから茶の煎り方まで玄人《くろうと》はだしであった。香蘭は日々、淹れ方を指導して貰っているが、どのように努力しても陸晋の足下にも及ばない。

「その日の気温、湿度を肌で感じるのです。それと茶を飲むもののしぐさや表情を観察して」

とは名人の教えである。

例えば夏場、汗を大量にかいたものがいれば、一杯目のお茶はぬるめに出す。さすれば一気に喉を潤せるから。二杯目は茶の甘みを出して味わって貰い、三杯目は濃い目に出して満足感を演出する。

これが陸晋流茶道の極意であるが、はてさて、今日の師の味覚はどうなっているだろうか。つぶさに観察するが、いつもの意地の悪さしか読み取れなかった。雑巾の絞り汁を入れたくなったが、ぐっと堪《こら》えて熱いお茶を出す。季節は春であるが、昨日今日、朝晩は妙に冷えた。熱いお茶で身体を労りたかった。

師はずずっと茶をすすると、

「まあまあ美味い」

と言った。

まあまあ、は余計であるが、師のお眼鏡に適《かな》ったことは嬉《うれ》しかった。そのことを素直に話すと、白蓮は詰まらなそうに、

「おかわり」

と言った。香蘭は手慣れたふうに「はいはい」と二杯目を注ぐが、その手は途中で止まる。診療所の玄関から「頼もう」という声が聞こえたのだ。

やけに古めかしい呼び出しであったので、患者ではないと察したが、その推察は当たった。

白蓮診療所にやってきたのは病人でも怪《け》我《が》人《にん》でもなく、西戎の衣服を纏《まと》った武官だった。

た。即座に先日出会った陸晋のそっくりさんの顔が思い浮かんだが、その勘は間違っていなかった。彼は保案の守り役にして唯一無二の忠臣であった。

†

香蘭は客人用の茶器を取り出し、最上級の茶葉を選んだ。老人は濃い目の茶を好むことが多いので、深煎りにし、熱めのお茶を注ぐ。香蘭の心遣いは届いたようで、

「このように美味い茶は飲んだことがない」

と老人は目を細めた。

師とは違って人の心遣いに感謝できる常識人だと思った香蘭はたちまちこの老人に好意を抱いた。白蓮は横でぼそりと「ちょろい」と言うが、気にせず用件を尋ねる。

老人は開口一番に頭を下げる。

「先日の非礼、申し訳ございませんでした」

その声も歯切れよく明瞭で武人らしさに満ちていた。申し訳ないとはなんのことでしょうか、と惚《とぼ》けることは難しい。先ほども白蓮に話したばかりだが、先日の非礼の記憶は新しい。なので香蘭は当たり障りのない対応をした。

「ご老体、どうか頭を上げてください」

「いや、それだけはできませぬ。主《あるじ》の無礼はそれがしの無礼。数刻は頭を下げておりたいくらいです」

「患者も待っておりますので」

「それは分かっておりますので、地に頭をこすりつけることでお許しあれ」

老人は椅子から立ち上がると、応接間の床に頭をこすりつける。

白蓮と二人その姿をまじまじと見つめるが、やがて白蓮がぼそりとつぶやく。

「西方の遊牧民族は地に身体をこすりつけることを厭《いと》う。常に馬の上にあって誇り高く生きているからだ。ましてや土下座など……」

それほど保案の行いを申し訳なく思っているのだろう。もはや香蘭に遺恨はなくなっていた。老人にそのことを伝え、頭を上げるように懇願する。

「有り難い。やはり噂通りとても慈悲深いお方だ」

「噂？」

「はい。あのあと宮廷のものから話を聞いたのですが、陽香蘭という名前は昨今、宮廷の有名人となっておるようで」

「わたしが？」

「東宮様の懐刀。散夢宮の小夜啼鳥《サヨナキドリ》。それがあなた様の異名となっておりますぞ」

「懐刀などとんでもない」

「そうでしょうか。あなた様は数々の難問を解決してきた。帰蝶《きちょう》様の一件、貴妃様の脚気《かっけ》、そしてなによりも霍星雲《かくせいうん》様の件でのご活躍、あなた様の声望はいやが上にも高まっている」

「目立たないようにしていたつもりですが……」

「宮廷の難事件の陰に小夜啼鳥の影があり。あらゆる事件を解決する女偉丈夫との噂です」

「噂に尾ひれが付いているなあ」

「確かに貴殿は女偉丈夫ではありませんな。しかし可憐《かれん》にして頭が切れる人物ではあるようだ。そこでお願いがあるのですが」

「お願いですか？」

「はい。保案様のことです」

「保案様のお心を癒やしてほしいのでしょうか」

「やはり分かりますか」

「あなたほどの武人がこのような場所にやってきたこと。わたしのような小娘に頭を下げた理由を考察すれば分かりますよ」

「さすがは香蘭殿、その知謀は軍師のようだ」

「心を癒やすか。つまりカウンセリングをせよとのことですね」

「西洋の医術用語はそれがしには分かりませんが、我が主、保案様は夜溺《やでき》を患っています」

「夜溺……、寝小便のことですね」

「平たく言えば」

「寝小便を垂れるものは多かれ少なかれ心に問題がある」

西洋医学の大家白蓮の言葉であるが、往々にして間違っていない。こちらの世界でも夜尿症《やにょうしょう》を患っている子供はなにか問題を抱えているケースが多い。大人になれば自然と治ることが多い病気であるが、心の傷は自然には治らない。事前に芽を摘んでおかねば、歪《ゆが》んだ大人になる可能性は多々あった。

「大人物になる可能性もあるがな。例えばかの坂本龍馬《さかもとりょうま》など一三、四まで夜尿症を患っていたとある」

坂本龍馬は幼き頃に実の母を病で亡くした。幼き頃に心に傷を負ったものは人と違う人生を歩むが、乗り越えることができれば逆にそれをばねとして大成する人物も多いのだろう。

「ならば保案様がこれ以上、歪まぬように処置するのが医者としての務めでしょうか？」

「知るか。俺は小児精神科医ではない。一般論を言っているまでだ」

「でも宮廷に参内して保案様の面倒を見ることは許可してくれるのでしょう？」

「代わりに西戎の産物でも土産に持ってこいよ」

素直にいいと言わないところは師らしかったが、許可が下りたのは有り難かった。

改めて老人に向き直ると、香蘭は、

「分かりました。それではさっそく宮廷へ向かいましょう。道すがら保案様のことをお話しください」

と言った。老人こと甘句或留亜《あまくあるあ》は有り難いと深々と頭を下げると、そのまま馬車で宮廷へ向かおうと提案してきたが、白蓮が最後に声を掛ける。

「少年の心を癒やすのもいいのだが、おまえさんの心はそのままでいいのかね」

と。

或留亜は一瞬、沈黙したものの、表情を変えずに、

「――はて、なんのことでしょうか」

と言った。

「救われたがっていないものを救うのはどんな名医でも不可能だから差し出口は挟まないが、おまえさんも救われたがっているように見えてね」

「…………」

「それと僅かだが死相が見える。金子《きんす》一〇枚を支払えば診断してやらないこともない

ぞ」

「生憎《あいにく》とそれがしは健康だけが取り柄でござる」

そのように言い放つと、「御免」と或留亜は香蘭を馬車に押し込む。一刻も早く主の心の病を取り払いたい、とのことであったので香蘭はなにも言わなかったが、白蓮の言葉と表情が妙に引っかかった。


揺れる馬車の中で或留亜は語る。

「我が主、保案様は不憫《ふびん》なお方なのです」

「幼き頃に人質として中原国にやってきたとか」

「はい。まだ五歳のときでした」

「御母堂とも引き離されたのですか？」

「はい」

「まだ母親の愛情が必要な年頃だっただろうに……」

あえて誤解されるような言い方をするならば人間に一番必要なのは母親の愛だ。人間とはどこまでも自分本位で他人に興味がないが、無条件で自分を愛してくれるものがひとりだけいる。それが母親であった。なんらかの事情で母親の愛を受けられなかったものは往々にして難儀な性格になってしまう。保案はその典型例に思えた。

「ならば母親の愛情に触れさせるのが一番かもしれないな。保案様の御母堂はご存命なのでしょうか」

「はい。ただし、遠く西戎におられます。季節ごとに手紙は送っていただいておりますが、国許《くにもと》を離れて以来、顔を合わせられたことはございません」

「手紙は残っていますか？」

「もちろん」

「それではあとでそれを見せてください」

「分かりました」

「あとは保案様から色々と話を聞き出して、心の憂いを取り除くことだけしかできないが」

「それで保案様のお心は癒やされるでしょうか」

「分かりません。ただ、ひとつだけ言えることは保案様を大切に思う人物がひとりだけいるということです。救いがないわけじゃない」

「それがしのことか？」

「はい。保案様の女官たちに対する態度は酷かった。いわゆる癇癪《かんしゃく》です。しかし、それは寂しさと悲しさを紛らわせるための代替行為だったのでしょう」

「そうなのでしょう。しかしそれがしもよくなかった。保案様が可哀想なあまり、あのような振る舞いを止めることができなかった。暴君の芽を摘むことができなかった」

「このままでは君主として、いえ、人間として困った大人になってしまうでしょうが、それを止めるのが我々の仕事です。繰り返しますが、わたしは保案様を見捨てていない。あなたのような忠臣が側にいたのです。人の心は失われていないはず」

香蘭がそのように断言すると、宮廷の立派な門が見えてくる。保案の屋敷は西苑にあるので、西の門を使うのだが、西の門もとても立派だった。

東門とそっくりな造りだ、と思ったが、そっくりだといえば陸晋のことが気になった。白蓮は陸晋が保案と血族である可能性を否定したが、一応、或留亜にも尋ねておく。

「一応、尋ねておくのですが、保案様にご兄弟はおられるか？」

「国許におられます。弟殿下が三人、妹君が四人」

「遊牧民は子だくさんですね。双子の弟君とかはおられないですよね？」

なにげない口調で言ったつもりであったが、或留亜は表情をこわばらせる。

「――なぜそれを知っておられるのです。双子の弟君の存在は国許でも知らぬものが多いのに」

「おられるのですか!?」

「正確にはおられた、です。すでに亡くなっておられます」

「死亡しているのですか？　死因は」

「……病死」

一拍遅れて或留亜は死因を述べる。明らかになにかを隠しているような気がしたが、それ以上はなにも語ってくれなかった。この昔気質《むかしかたぎ》の老人がこれ以上、なにかを語るとは思えなかったので、香蘭はひとり考察をする。

（………保案様には双子の弟君がいる。そして陸晋は保案様にそっくり）

このふたつの事実がまったくの偶然であると主張できるものがいるだろうか。

白蓮は陸晋の家族は全員死んだと言い張るが、虎狼痢で死んだ家族は本当の意味での陸晋の家族だったのだろうか？

精神的な繫《つな》がりはあっても血縁的な繫がりはなかったのではないだろうか？

様々な憶測が頭をよぎるが、香蘭は首を横に振る。

（今は関係ないことだ）

今、香蘭がしなければいけないのは陸晋の起源《ルーツ》探しではない。保案の弟の死の真相でもなかった。今、しなければいけないのは少年の心の傷を癒やすことであった。

西門をくぐった香蘭は「双子」という単語を一旦捨て置くと、以前、読んだ書物の内容を思い出す。

（子供に必要なのは無条件の母親の愛）

それだけを心の中で繰り返すと、程なく訪れるであろう保案との再会の第一声を必死で考えた。

†

香蘭が考えた作戦は、単純かつ脱力がともなうものであった。しかし古来より謀《はかりごと》とは単純なものが効果的。それにこれから心と心の対話を行うのだ。小賢《こざか》しい作戦など不要と思われた。

香蘭は保案の屋敷に到着すると、開口一番、満面の笑みでこう言い放った。

「保案様、わたしのことを母親だと思っていいのよ。さあ、こっちにいらっしゃい」

腕を開き、いつでも胸の中に飛び込みなさい、という体勢を整えるが、当の保案は開いた口が塞がらない、という表情をしていた。

「遠慮することはないのよ。わたしがお母さんの代わりになってあげる」

保案はぽかんと口を開けたまま香蘭を指さす。

「この娘はおかしいのか？」

横にいた或留亜に尋ねるが、彼は無言で「いいえ」と首を振るしかない。

「ならばなんだ、この茶番は」

「この娘は東宮御所一の名医でございます」

なった。

心は違う、と暗に言っているのだが、保案もその自覚はあるようで明らかに不機嫌に
「お身体は壮健に育っていただけました」

「俺は健康体だぞ」

「おまえの差し金か。余計な真似を」

「このままでは保案様は良い君主にはなれません。爺《じい》は永遠にあなた様の側にお仕えすることはできないのです」

「そんなことあるものか。爺は爺だ。俺が生まれたときから面倒を見てくれているじゃないか」

「だからこそです。老人から順にこの世から旅立つもの。それがしは保案様の行く末を最後まで見ることはできないでしょう。それがしは保案様に立派な君主になっていただきたいのです。王の中の王になっていただきたいのです」

「王の中の王……」

「そうです。そのためにこの娘を連れてまいりました」

「そのために〝陽香蘭〟を」

「は」

「……ふん、余計なことを。しかしまあある意味手柄だ」

保案はそのように言い放つと香蘭の側に近寄る。

「母親の真似ごとか。よいではないか。香蘭は俺の女になるのだから。知っているか？

遊牧民は父の側室をそのまま自分の妻とするのだ」

保案はそのように言うとむぎゅっと抱きしめてきた。本人は名うての女たらしを気取っているようだが、いやらしさが一切ない。身長差もあるので胸に顔を埋《うず》められているが、年下の弟が戯れているようである。

やはりこの王子様は寂しいのだろう。改めてそのように同情したが、相変わらず小憎たらしいところもある。胸から顔を離すと保案は悪戯小僧《いたずらこぞう》のように言った。

「俺の女になるには胸がささやかすぎる。これから毎日肉を食わせてやるからもう少し肥えろ。遊牧民の娘はもっとふくよかだ」

怒っていい場面だが、香蘭は怒りはしなかった。想定内であったし、母親はこの程度では怒らないものだ。それに香蘭は保案の成長を感じていた。初めて会ったときは頭に超が付くほどの悪童であったが、今は変化の兆しがある。

保案はたしかに香蘭のことを〝名前〟で呼んだ。〝端女〟とは呼ばずに人としての名を呼んだのである。これは明らかに香蘭との出逢いが影響しているのだろう。保案はまったく見込みのない少年ではなく、本当は心優しい少年であると察することができた。

香蘭はその可能性に賭けることになるのだが、分の悪い賭けだとは思わなかった。

†

保案との対話《カウンセリング》が始まる。

中原国にカウンセリングなる言葉はないが、要は〝話し合い〟のことである。

人間、自分を愛してくれるものと話さなければ心の健康は保てないもの。あの東宮様とて悪口を言い合える対等の存在がいなければ精神の均衡を保てないだろう。

ただ或留亜老人をそれに当てはめることはできない。彼は保案の守り役であり忠臣ではあっても、友でも父でもなかった。保案に必要なのは母であり、姉であり、友だと思った。

だから香蘭はなるべく早く彼の懐に飛び込もうと思った。今現在も信頼が醸成されつつあったが、完成はされていなかった。まだ踏み込みが甘いというか、心のひだに触れていないような気がしたのだ。

年頃の少年と仲良くなる方法はいくつかあるが、香蘭はその中でも古典的かつ単純な方法を選んだ。

思いっきり馬鹿になることにしたのだ。

香蘭は精神年齢を一〇歳ほど退行させ、虫籠と虫取り網を買った。それを持って保案

の屋敷を訪れると、

「ほーあーん君、あーそぼッ！」

と大声を張り上げる。

なかなか返事がなかったのでもう一度叫ぶと、保案は慌てて扉を開けた。

「恥ずかしいではないか」

と怒りを見せるが、まんざらでもないように見える。香蘭の作戦は間違っていないようだ。

「西苑は建物と建物が離れています。誰も気にしませんよ」

「誰かが通りかかることもある」

「そのときは正直に陽香蘭と遊んでいた、と言えばいい。それとも殿下は女と遊ぶと女になると思っている輩《やから》ですか？」

「そんなに子供じみてはいない」

「ですよね。ならばいいではないですか。大人だからこそ子供のような遊びをしましょう」

そう言うと有無を言わさず保案の腕を取る。

「わ、待て待て。なにをする」

「この虫籠と網が見えないのですか。虫取りに行きましょう」

「つまり友達と虫取りをしたことがないのですよね。友と野原を駆け回ったこともない」

「虫取りなど子供のすることだ」

「そうです。西苑には美しい庭園や森があります。虫の宝庫です」

「虫取りだと⁉」

「……或留亜と狩りには出かけている」

「武芸の鍛錬もいいですが、ときにはなにも考えずに虫を捕ったり、魚を捕まえたりするのも楽しいものです」

「おまえはしたことあるのか？」

「まさか。わたしは完全無欠のもやしっ子ですよ。幼き頃より本が友達です。そもそも異性の幼なじみはあまりいません」

「ならばなぜそんなに偉そうにしている」

「そりゃあ、陸晋に子供の遊びを習ったからですよ。彼も複雑な事情で子供っぽくないのですが、それでもあなたよりは子供らしい遊びを知っている」

「そいつのこと前も言っていたな」

「はい。素晴らしい同僚です。今度、一緒に遊びましょう。今日はふたりでいっぱい遊びますが」

香蘭は保案を連れ出すと南都の裏路地を走り回っている童子のような足取りで森に向かった。前々から気になっていた森に向かう。

「この森は甲虫《カブトムシ》の宝庫だと睨《にら》んでいたんです」

「ふん、甲虫など珍しくもない」

「この南都では珍しいのですよ。友人に董白《とうはく》という娘がいるのですが、彼女の弟のため、共に甲虫を捕っていただけませんか？」

「なんで俺が……」

とつぶやくが、森に入り大木にしがみついている虫を見れば目の色を変えるのが少年という生き物。甲虫に鍬形《クワガタ》、黄金虫《コガネムシ》などを見つけると気分が高揚する。

「あれは大鍬形《オオクワガタ》ではないか!?　西戎にはいないぞ」

「西戎は草原地帯ですからね」

「黄金虫もあんなにいっぱい。綺麗《きれい》だ」

「宝石のようですね」

「たしかに——」

はち切れんばかりの笑みを浮かべるが、途中で押し黙ると「こほん」と咳払《せきばら》いをし、表情を取り繕う保案。まだ素直になりきれていないようだ。

「……董白と言ったな。そのものの弟のために俺が大鍬形を捕まえてしんぜよう」

「それは有り難いことです」

にやにやと見守りながら網を貸す。保案は「えい！」と網を振るが、その動作はぎこちなかったので大鍬形は容易に逃げる。

「くそうッ！」

「おしゅうございますよ。なあにこの森には大鍬形など無数にいます。何度でも挑戦しましょう」

「うん、そうだな」

「もしも駄目ならば秘策があります」

「秘策？」

「はい。陸晋に聞いたのです。もしも頑張っても捕れないようならば大木の幹に蜜を塗るといいそうです」

「なぜ、蜜を？」

「蜜を塗ればそこに虫が集まるからです。さらにその蜜に酒を混ぜておくといいとか」

「虫を酔わせるのだな」

「ご明察」

「面白そうだ！」

保案は興味津々に目を輝かせる。その様は完全に〝子供〟であった。人質生活で不自由を強いられている王子の面影は一切ない。

それを証拠に保案はその日一日、網を振り回し、森を駆け回っていた。日が暮れた頃には甲虫を五匹、鍬形を四匹捕まえていた。大鍬形こそ捕まえられなかったが、春先にしては上々の成果と言えよう。

子供のように駆け回った保案は軽く日焼けをしており、着物も泥だらけになっていた。それを見た女官は目を丸くしていたが、それよりも保案が子供らしい笑顔になっていたことに驚いたようだ。

その日から保案は女官に当たり散らしたり、非人道的な要求をしたりしなくなった。ただし、その代わり女官の靴の中に蛙《かえる》を入れたり、髪に甲虫を付けたりするようになったが。それでも小さな暴君だった頃よりは遥《はる》かにましだと女官たちは保案の成長を喜んだ。或留亜も目を細め、引き続きお願いいたしますと香蘭に頭を下げてくれた。


その後、数週間、時間があれば保案と遊んだ。夜中に森に出かけ、木の幹に蜜を塗ったり、西苑を探検したりした。貴妃の館に忍び込んで躑躅《つつじ》の花弁《かべん》から蜜を吸ったり、木の上に秘密基地を作ったりもする。

さらに最近覚えた釣りも一緒に楽しむ。西苑には小川が流れており、そこには小魚もいた。鱒《ます》や鮎《あゆ》などはいなかったが、釣り初心者向けの鮒《ふな》などはおり、日々、釣り糸を垂らす。

朝、森に出かけ蚯蚓《ミミズ》を集めるのが日課になっており、うねうね恐怖症だった香蘭も保案に付き合っているうちに、自分で釣り糸に餌として付けられるくらいまでには慣れた。以前、鱒釣りに行ったとき、釣り餌が気色悪くて仕方なかったというのに。

保案も貴人なので最初は香蘭と似たり寄ったりであったが、人間、進歩するもの。今では蚯蚓も虫餌も気にせず付けられるし、釣った魚も平気で触れるようになっていた。

「遊牧民は釣りをしないから新鮮だ。俺が王になったら国民に推奨しよう」

顔をほころばせる保案。釣りがいたくお気に入りのようで、釣り人として覚醒したようだ。大物を釣るため、庭園の池に行こうと提案してくる。そこには観賞用の錦鯉《にしきごい》がいたが、さすがにそれらは皇帝の所有物、釣ることは許されない、そのように説明すると残念そうな顔をした。

「地図を見る限り、西苑の北にある池に行けば鯰《なまず》や天然の鯉がいるはずです。それで我慢しましょう。鯰の引きも面白いらしいですよ」

「香蘭はなんでも知っているのだな」

「なんでもは知りません。知っていることだけです。さらに言えば先日からの一連の知識は同僚の陸晋に教わったものです」

「度々耳にする名前だ。ここまでよく聞くとまるで自分の友人のように思えてくる」

「きっと気が合いますよ。陸晋は殿下にそっくりですから」

「ほお、それは興味深いな。一度、そのものと会ってみたいな」

「陸晋とですか？」

「そうだ。香蘭の友人ならば良い人物なのだろう」

「はい、それはもう」

そもそも以前、陸晋も呼ぼう、と提案したのは香蘭であった。あまりにも楽しい日々なので忘れていたが、陸晋も交えて遊ぶのは既定路線とも言える。香蘭は保案の母であり、姉であり、友であったが〝男友達〟ではなかった。

保案が精神的に問題を抱えているのは同年代の友人がいないせいでもある。もしも彼に友人を紹介するのだとしたら、陸晋以上の適任者はいないと思っていた。

しかし実際に呼ぶとなると一筋縄には行かない。皇族の居住区である東宮御所はもちろんであるが、西苑とて宮廷の一部であることに変わりはないからだ。氏素性の分からぬ平民を容易に招き入れることはできない。あるいは東宮様にお頼みすれば簡単に許可を得られるかもしれないが、安易に権力に頼りたくないという気持ちもあった。

香蘭は深く悩むが、白蓮に相談すると、

「あほう」

と笑われた。

「こんなときこその東宮だろう。おまえのやつへの貸しは金子一〇〇〇枚分以上だ。そろそろ金子三〇枚程度は返して貰え。おまえの頼み事はその程度の価値だ」

なんでもかんでも金子に換算するのはよくないと思うが、師の言葉は励みになった。

「それにこれは国事だ。中原国の重要な従属国である王子の将来が懸かっているのだろう。この国を憂える皇太子に相談するのは当然だ」

胸につかえていたものが取れる。さすがは白蓮、屁理屈《へりくつ》を言わせたら天下一品であった。そんな感想を言葉には出したりせずに感謝だけを述べると、東宮に相談する。政務所で報告書を読んでいた東宮は、朝食の献立を決めるよりもあっさり、

「いいぞ。そのものの出入りを許可しよう」

と言った。

こちらもさすがは東宮様といったところであるが、彼の腹心にして香蘭の上司である岳配は困った顔をしていた。それに気が付いた香蘭は彼にもお伺いを立てる。岳配老人は余計な言葉で取り繕ったりはせずに事実だけを述べた。

「通常時ならば小僧の出入りくらいで咎《とが》めたりはしない。しかし、先日、西戎の諸国のひとつの裏切りが発覚してな。宮廷は過敏になっているやもしれない」

岳配は詳細を説明する。実は先日、中原国に朝貢していた小国のひとつが、突然、寝返り北胡側に付いたのだ。今、宮廷では騒動になっており、人質を殺すか否かで紛糾し

ているという。

　そんな中、保案のそっくりさんである陸晋が宮廷に出入りをし、接触しているという噂が立てば、廷臣たちの疑念が寧夏国に向かうのではないか、というのが岳配の心配であった。

「影武者を用意して寧夏国に逃げる算段をしていると疑われるのですね」

「そういうことじゃ。無論、おまえにそんな気持ちは微塵《みじん》もないのは知っているが、どのような善意も心がねじ曲がったものが見れば悪意に見えてしまうもの」

「……たしかにその通りです」

　さすがは東宮様の〝本物〟の懐刀、その深慮遠謀は香蘭の比ではない。しかしそれでも保案の憂いを取り除きたい香蘭は諦めなかった。「うーん」と唸《うな》る。東宮も岳配も一緒に悩んでくれるのが有り難い。特に東宮は我がことのように悩んでいる。白蓮の言葉通り、保案の問題を国事と捉えてくれているようだ。

　ただ、この三人は白蓮と違って悪事に向いていない。法令を遵守するのは得意であるが、その穴を突くのは苦手なのである。

　三人仲良く眉をひそめ唸り続けるが、妙案はなかなか浮かばなかった。困った岳配は「ここは東宮様がかつてやっておられた秘策を用いますか」と冗談めかして言った。

「かつてやっていた秘策？」

「女物の着物を着せるのです」

「そういえば昔、女に化けて宮廷の外に出入りしていたな」

「その節は見事に騙されましたぞ。かっかっか。まあ、要は臨時の女官として出入りさせるのです」

岳配はどこまでも冗談めかしていたし、東宮も乗り気ではなかったが、香蘭だけは違った。

「それだ！」

と身を乗り出す。突然の大声にふたりは驚く。

「どうした、香蘭。今のは冗談だぞ」

「いえ、冗談ではありません。要は陸晋がそっくりさんだとばれなければいいのです」

「しかし、男が女官姿になるなどすぐばれる。ばれたら余計に怪しまれるぞ」

陸晋の顔立ちを覚えていない岳配はそのように主張するが、それは間違いであった。

「岳配様は陸晋と診療所で会ってませんでしたでしょうか？」

「陸晋とやらは女のような顔立ちをしているのか？」

「女以上の顔立ちです。街を歩けば妙齢の女たちは振り返るし、色町を歩いていても常に手招きされます」

「ほう。隅に置けないな」

「正直、わたしよりも顔が整っている」

東宮も首肯する。

「たしかに白蓮の診療所で何度か見かけた。稚児になれるくらい顔立ちが整っていた」

「でしょう。――でもお召しにならないでくださいね」

「そんな趣味はない」

「それほどなのですか？」

岳配は東宮に尋ねる。

「そもそも芽師津保案自身が宮廷でも随一の美少年なのだ。それと瓜二つなのだぞ」

「なるほど、憂慮する必要はなさそうですな」

「そういうことだ。分かった、香蘭、陸晋を保案の侍女として宮廷に招く許可を出そう」

「ありがとうございます」

「化粧のほうはおまえに任せるぞ」

「化粧などほぼ不要でしょうが、そういうのが好きな人材を知っています」

香蘭を着せ替え人形にする母の姿が浮かぶ。香蘭程度の娘でもあんなに嬉しそうに化粧を施すのだ。陸晋はさぞ化粧のし甲斐《がい》があるに違いない。

すべての憂慮がなくなった香蘭は陸晋に事情を伝え、自宅に招く。母は嬉々《きき》として陸晋に化粧を施すが、ここで大誤算が。

「……まさかここまでとは」

香蘭の誤算とは化粧を施した陸晋の姿だった。化粧を施した陸晋は美しすぎた。女官風の出《い》で立《た》ちをし、化粧をした陸晋は控えめに言って「神」であった。宮廷で見かけるどの美姫《びき》よりも美しい。

「うーん、これは不味い」

紛れるために女官になるのにこれではかえって目立ってしまう、と思った香蘭は母の施した化粧を拭い落とし、自分で化粧をすることにした。

自慢ではないが、香蘭は生まれてこの方、自分の手でまともに化粧などしたことはない。全部母任せ、家人任せなのだ。化粧を覚える暇があったら医術のひとつでも覚えるというのが、香蘭の生き方だった。そんな娘の化粧が上手いわけもなく、陸晋は傾国の美女からそこそこ小綺麗な娘となってくれた。それでも香蘭より可愛《かわい》いのはなんとも言えない気持ちになるが、嫉妬するような真似はせず共に宮廷へ向かった。

馬車の中でまじまじと陸晋を見つめてしまうが、大事なことを聞き忘れていたので尋ねる。

「そういえば陸晋ならばなにも言わずに手伝ってくれると思って尋ね忘れていた。女官姿にしたあとに尋ねるのは心苦しいが、女の姿をさせられるのは嫌ではないか？」

女官姿の陸晋はにっこりと微笑みながら首を横に振る。

「香蘭さんの役に立てるのはなによりも幸せですよ」

屈託のない表情でそう言ってくれるのはとても嬉しかったが、なぜそこまでしてくれるのか、不思議に思って尋ねると、陸晋は己の過去に触れる。

「先生は僕の師であり兄であり親です。僕は虎狼痢で家族を亡くしました。虎狼痢は伝染病です。村中の人が僕を疎んだ。中には僕の家族が業病を発生させて村を滅ぼそうとしていると主張した人もいます。実際、僕の家は焼き払われ、火傷《やけど》しながらもたったひとり生き残った妹を抱え物乞いをしていた時期もある」

陸晋はそこで言葉を区切ると淡々と続ける。

「兄と妹、枯れ木のように痩せ細っていました。だから実際に村の人に火を付けられて、燃やされたのでしょう」

「な……」

絶句せざるを得ない壮絶な過去だった。

「僕自身は軽い火傷で済みました。しかし、今でも時折、夢で見ます。お兄ちゃん、熱いよ、痛いよ、苦しいよ、と妹が言うんです。でも僕にはなにもできない……」

「………」

「正直、村人を恨みました。世の中を憎みました。なぜ、僕たちだけがこんな苦しい思いをするのかって。僕たち一家がなにをしたんだって。でも、僕は悪に染まらずに済みました。先生のおかげです」

陸晋は断言をする。

「当時、中原国中を巡って医療を施していた先生は、僕の村には村の長者の招きで逗《とう》留《りゅう》していました。長者の娘を治せば、目のくらむような大金を貰えるはずだったのに、先生はその大金を捨ててまで僕たち兄妹《きょうだい》を庇《かば》ってくれたのです」

「………」

「村で疎外され、のけものにされていた僕たちを庇ってくれた。一銭も払わなかったのに僕の妹を治療してくれたんです」

「………」

「妹はその火傷がもとで死にましたが、先生は最期の最期まで最善を尽くしてくれた。それに先生はおっしゃってくださったんです。長者や村人の血が何色なのかは俺には分からない。ただ、この子の血は赤いって。火傷によって膿《うみ》とばい菌でどす黒くなった血を見て涙してくださったんです。この子の血は赤いって。その一言で僕は救われました。妹の魂もやっと安らげると思った」

陸晋の突然の告白に涙を流す香蘭。その壮絶な過去に胸を打たれる香蘭。沈黙によってしか陸晋を癒やす術《すべ》を知らなかったが、陸晋の悲しみと妹の冥福を思って止めどなく涙が流れた。

それを見て陸晋はどこまでも優しく微笑んでくれる。

「ほうら、香蘭さんは泣いてくれた。僕のために泣いてくれた。先生と同じです。だから力になりたいんです」

それでも悲しむ香蘭を見て、陸晋は「冗談ですよ、冗談。あ、本気にしちゃいましたか」と舌を出した。それがどこまでも香蘭を悲しませないための嘘だと分かった。香蘭は涙を拭うと言った。

「そうかあ、冗談か、陸晋は人が悪いなあ」

鼻水と涙にまみれながら無理矢理笑うと香蘭は黙って陸晋を抱きしめた。陸晋はなにも言わずに抱きしめられてくれた。

†

女官に化けた陸晋を西苑に連れて行き、保案と面会させる。保案は陸晋を見ると、ぽかんとした。

「……母上そっくりだ」

と度肝を抜かれている。その言葉に陸晋は微笑みながら応える。

「初めまして殿下、僕は陸晋といいます。白蓮先生の小間使いと弟子をしております」

「香蘭の姉弟子か」

「兄弟子に当たるのでしょう」

そう言うと自分が男であることを証明するため、胸元を見せる。そこには女性特有の乳房がなかった。

「本当に男なのだな」

「今、宮廷は騒がしいと聞きます。殿下が影武者と会っているなどと風聞が立てばお困りになるはずです」

「そうだな。中原国を裏切る算段をしていると疑われかねない」

「というわけで殿下のお相手をするにもこの姿となります」

「なあに気にするな。香蘭も女官服だ」

そのようなやり取りをしていると甘句或留亜がやってくる。彼は詳細を聞いていなかったので確認をしにきたのだが、陸晋を見るなり、驚愕《きょうがく》する。

「な、まさか、こ、このようなことが……」

その反応は想定外だったので香蘭も驚いてしまうが、それを見た或留亜は表情を取り繕うと言った。

「こ、この方が保案様の新しい御友人か」

陸晋は丁重に頭を下げる。

「はい。陸晋と申します」

「……つかぬことを伺うが、どこの出身だ」

「中原国は雲州《うんしゅう》青山県《せいさんけん》です」

「な、なるほど。やはりそうか」

「やはりと申されますと？」

「い、いや、こちらのことだ」

或留亜はそのように糊塗《こと》すると居心地悪げにその場を立ち去っていった。

その姿を見て保案は怪訝《けげん》な表情をする。

「あの或留亜があのように慌てるところなど初めて見た」

香蘭の見立てでも武人の鑑《かがみ》のような或留亜があのような態度を見せるなど不可思議に思えた。

香蘭の中に疑念が走る。

（……あの態度、不自然だ）

双子、という言葉が脳裏を駆け巡る。

陸晋と保案を交互に見つめる。まるで同じ遺伝子を持つかのように瓜二つのふたり。

横に並び立てばその同一性が際立つ。さらに運命性を感じさせるのは保案には双子の弟がいるとの情報だった。

（……陸晋の家族は虎狼痢で死んだ。これは間違いない）

ただ、やはり死んだ家族と陸晋には血の繋がりがないのではないか。そのような直感を覚えると探らずにはいられないのが香蘭という娘。さっそく楽しそうに話し込んでいる保案と陸晋に言う。

「今日、このあと、ともに大鍬形を捕まえる予定でしたが、ふたりで行ってくれませんか」

「なんだ、つれないぞ」

保案は不満顔であるが、香蘭の性格を熟知している陸晋は了承してくれた。さらに言えば陸晋は香蘭が自分の出自について気にしていることに気が付いているようだ。

「誰が親でも僕は僕ですが、香蘭さんは秘密を見つければ解き明かしたくなることは知っています。どうぞ、お好きなように」

と香蘭にだけ聞こえるように囁《ささや》きながら笑った。陸晋は誰よりも香蘭のことを理解してくれている得がたい友人であったので、「ありがとう」と微笑むと席を外した或留亜のあとを追う。

保案の屋敷の使用人に話を聞くと、甘句或留亜は馬に乗ってどこかに出掛けたという。

遊牧民出身の或留亜は馬に乗るのが好きで、遠出をすることが多いようだ。特に悩みを抱えているときは南都郊外どころか、近隣の村まで足を延ばして野山を駆けまわっているという。

「ならば捕捉は不可能であろうか」

香蘭は自他共に認める運動音痴。馬に乗ることはできない。馬車を用意しても遊牧民の単騎駆けに追いつくことなど不可能である。どうしたものかと悩んでいると香蘭の上司である岳配がやってきて、

「遊牧民が好みそうな地形ならば把握している。乗馬の得意な家来を貸そう」

と言ってくれた。

「ありがとうございます」

と頭を下げる。

「礼には及ばない。おまえには多大な借りがある」

おそらくそれは岳配の友人である霍星雲の一件を指しているのだろう。香蘭は霍星雲の命を救うのに奔走したのだ。義理堅いこの老人はそのことを一生忘れないことだろう。

香蘭は素直に厚意を受け取ると、岳配の家来の駆る馬の背中に乗った。南都西部には広大な平地が存在した。このどこかに甘句或留亜がいるはずと岳配は言っていたが、地平線が見える平原を目の当たりにすると彼を見つけるのは容易ではないと悟ることがで

きた。

西苑の森――。

「いたぞ、大鍬形だ！」

「殿下、お静かに。大鍬形は音に敏感です」

「なるほど、そうであるか。すまない。しかし、今度こそ捕まえたい」

「ならば手本をお見せします。こうやって後ろからこっそり近づいて、網でそうっとやるんです」

女官服姿の美童が虫取り網を持つ姿は奇異であるが、幸いなことに観客はひとりもいない。

「ほうほう」

「そして鼻先まで近づいたらあとは一気に……」

陸晋の網が大鍬形にかぶさると、大鍬形は網の中に落ちた。

「すごいではないか！」

「慣れれば誰でもできますよ。さあ、殿下も」

陸晋は反対側の大木にいる大鍬形を指さすと、保案に網を持たせるが、陸晋の動作を真似した保案もまた見事な大鍬形を捕まえた。

「やった！　やったぞ！」

童子のように喜ぶ保案、兄のように目を細める陸晋、見目麗しい光景が広がる。

保案はうねうねと足を動かす大鍬形を嬉々として見つめていたが、ひとしきり喜ぶと微《かす》かに表情を曇らせた。

「やはり香蘭さんがいないと喜びも半減ですね」

「たしかにあの娘がいないと画竜点睛《がりょうてんせい》を欠くが、それだけではない。なにか胸騒ぎがするのだ」

「と申しますと？」

「いや、昨今、或留亜の顔色が優れないのだ」

「お守りの御老人ですね。たしかに僕を見た途端、顔色を変えました」

「おまえは俺そっくりだからな。香蘭から聞いていたが、想像以上だ」

「しかし、僕は殿下の弟君ではないです」

「それなのだが、本当なのか？　おまえを見ていると鏡を見ている気持ちになる」

「僕の父母は雲州青山県出身です。西戎になんて行ったことはない」

「父上は女好きではあるが、そこまで出張るほどでもない。まあ、世の中には自分と似たものが三人いるとも言うしな」

「そういうことです」

ふたりは納得すると、それ以上、そのことには触れなかったが、或留亜の顔色については語り合う。

「……ところであの御老人の顔色が優れないのは僕と会う前からですか？」

「ああ、そうだ。おまえと会う前から顔色が優れない。それになにか変な匂いがする」

「……匂いか」

「どうした？」

「……いえ、なんでもありません」

陸晋は病人が発する独特の匂いについて思い出していたのだ。

死病を発症している患者は独特な匂いがする。人によって違うのだが、物が腐ったような腐敗臭、つんと鼻につく刺激臭を放つものもいる。保案が嗅ぎ取ったのはその匂いではないかと思ったのだ。

しかしそれを確かめる術はない。予断を語って保案を不安にさせても仕方がないので、陸晋はあえて黙ると保案と共に西を見つめた。

その方角には奇《く》しくも香蘭と或留亜がいるのだが、ふたりはまだ再会を果たせていなかった。

岳配の家来の駆る馬に乗った香蘭は、東に西に平原地帯をさまよった。時折、旅人や商人とすれ違ったが、なにも収穫はない。遊牧民の服を着た老人を見かけたものはいなかった。三日三晩さまようが、三日目の夜、香蘭は嘔吐《おうと》した。

　馬に揺られすぎて体調を崩したのだ。走るのは馬だろうと言うものもいるかもしれないが、馬上にいるものの負担も凄まじい。縦に横に忙《せわ》しなく揺れる生き物に乗っていれば、か弱きものは三半規管をやられ、泡を吹く。かつて中原国の辺境の地方都市が奪われたおり、早馬が南都に向かったが、寝ずに馬を走らせた伝令は南都に着くなり倒れて死んだという例があるほどだ。香蘭たちは休憩を挟んではいるが、香蘭の脆弱《ぜいじゃく》な体力ではこの辺が限界だった。

　岳配の家来は「このままでは香蘭殿が死んでしまいます」と馬を止めようとしたが、香蘭は彼の肩をがっしりと摑《つか》み「なにとぞ、なにとぞ」と懇願した。今、引き返せば後悔すると思ったのだ。その思いは岳配の家来に通じた。そして〝天〟にも。三日目の晩、満月を背にたたずんでいる騎馬武者を見つける。

　遊牧民独特の衣服を纏った老人は月を一心不乱に見つめていた。香蘭は馬から降りると彼の背中に声を掛ける。

「或留亜殿、探しました」

「探していたか、宮廷医の娘よ」

香蘭のほうには目をやらずに満月を見ながら話す或留亜。なにか思うところがあるようだ。

「ここまで来たということはそれがしの罪に気が付いているということでいいかな」

「はい。なにか罪悪感のようなものにさいなまれておられることには気が付いております」

「そうか」

「その罪悪感は保案様の双子の弟君のことに関係しているのではないかと思っております」

「その通りだ。さすがは散夢宮の小夜啼鳥」

「小夜啼鳥は夜に鳴くと言います。今宵《こよい》の満月はとても綺麗です。真実を話していただくことはできますか？」

「もちろんだとも。この老木に残された時間は少ない。この秘密はひとりで抱えたまま死ぬには大き過ぎる」

自嘲気味に笑うと或留亜は過去に思いを馳《は》せるように語り出した。

「我が国の王、芽師津号新様には双子の男児がおられた」

「保案様とその弟君ですね」

「そうだ。弟君のお名前は段区《だんく》様。保案様に瓜二つのお美しい王子であられた」

或留亜はそこで言葉を区切ると寧夏国について語る。

「寧夏国は西域にある西戎人の国のひとつ。その中でも大国として知られる」

「西戎の諸国の中では一番に名前が挙がります」

「それはなぜだと思う？」

「ええと、その……」

とっさには答えが出なかったが、或留亜は気を悪くすることなく答える。

「単純な話だ。西戎の中でも一番の強国であり、一番歴史が古いからだ。ではなぜ、一番だと思う？」

「ええと……」

これも言《い》い淀《よど》んでしまう。医道科挙では西戎諸国の位置、人口、風俗などについて出題されるが、それについての考察が問われることはない。暗記問題がいかに役に立たないか、痛感してしまう。

「答えは単純だ。寧夏国は中原国の友好国だからだ。太祖劉覇《りゅうは》によって中原国が建国されて以来の盟友だからだ。だから寧夏国は西戎諸国の筆頭として認められ、尊重されている」

太祖劉覇が中原国を統一したとき、寧夏国は真っ先に使者を送った。そして服従と忠誠を誓い貢物と人質を送ったのだ。

「当時の中原国は強大だった。歴史上、類を見ないほどの大帝国であり、その武威は天を貫き、その威徳は四海に轟《とどろ》いた。敵対する国々には容赦なく弓馬で以《もっ》て迎え撃ち、覇権を容認する国は相応の礼節を以て報いた」

「父上から聞いたことがあります。北都《ほくと》を喪失する前の中原国はまさにこの世界の中心に華を咲かせる存在、中華帝国だったと」

「そうだ。その中華の恩恵に与《あずか》るため、寧夏国は絶対の服従を示した」

「未来の国王である王太子を人質として送る」

「もしも寧夏国が中原国に弓を引けば、王太子を殺すことによって報復する。また幼い王子を中原国で教育することによって親中原国的な考えを植え付ける」

「中原国の強大さを見せつければ反抗しようとする気持ちも失《う》せましょう」

「そういう目的もあるだろう。事実、歴代の王子はすべて中原国で育ち、親中原国的な政策を継承してきた」

「全員が幼き頃に母親や国許から離され、寂しく生きてきたのですね……」

「そうだ。例外はない」

「保案様は可哀想なお方だ。幼き頃から国に翻弄され、お母上の愛を知らずにお育ちになったのだから——」

「ああ、だからお喜びになったはずだ。お主が母親の真似事をしたときも、友となって森を駆け回ったときも。ご自分の感情を表に出すのが苦手な方ゆえ、決して口には出されないが、心の中では感謝しているはず」

　無邪気に笑う保案の顔が浮かぶ。歳相応のどこまでも明るい笑顔、子供に必要なのはあの笑顔であった。

「だからそれがしからも礼を言う。有《あ》り難《がと》う」

「こんなわたしでもお役に立てて嬉しいです。しかし、保案様に必要なのは本当の母親の愛情、家族の温《ぬく》もりです。わたしが用意したのは疑似的なもの」

「……分かっている」

「一度だけでもいいです。国許にお帰りになることはできないのでしょうか？　一度だけでも本当のお母上に会うことはできないのでしょうか？」

「できない」

　或留亜は沈痛な表情でつぶやく。

「お母上はすでに亡くなっておられるのでしょうか？　ならばせめてお父上が」

「御母堂はご健在だ。だからこそ会わせられない」

「なぜですか？」

「御母堂は心を病んでいらっしゃる。段区様を亡くされて以来、心を閉ざしておられる。段区様の死の真相を知ったとき、正気を失われてしまった。以来、保案様を産んだことすら忘れておられる」

「な……」

絶句せざるを得ない。

「……一度だけ。一度だけ密《ひそ》かに国許に帰ったことがある。影武者を仕立て、早馬を使った。一〇頭の馬を使い潰して、不眠不休で寧夏国に戻ったことがある。幼い保案様は泣き言ひとつ仰《おつしや》らずそれがしの背中にしがみついておられた。一度でいい。一度だけでいいから御母堂に会いたいと願われたのだろう。御母堂に頑張ったねと褒めていただきたかったのだろう。しかし、現実は非情だった」

「…………」

「気が狂れ、双子の王子を産んだ記憶などなくされた王妃様は保案様のお顔をご覧になってもなにも反応を示されなかった。千里の道を駆けてきたご自身の息子に無情に言い放たれた」

あなた、だあれ？

と。

「その後、陛下との間に新たに儲《もう》けたお子様たちと楽しげに振る舞う王妃様。保案様になど目もくれられず空気のように扱われた」

「…………」

香蘭の瞳から絶え間なく涙がこぼれ落ちる。そのときの保案の気持ちは耐え難いものだったに違いない。そのときの切なさ、やるせなさは筆舌に尽くし難いものだったに違いない。その姿を間近で見つめた老人とて気持ちは同じだろう。

満月を見つめる老人。彼が香蘭のほうに振り向かないのは香蘭の目を見られないからではない。香蘭を見下ろすと涙が溢《あふ》れ出《で》るからであった。大の大人が小娘の前で泣き崩れてしまうからであった。西戎人の武人がそのような醜態、見せられるはずがない。

「――心中、お察しします」

香蘭の口からは有り触れた台詞しか漏れ出てこない。自分にもっと文学的な才能があれば、人の心を癒やす叡智《えいち》があれば、そう思わずにはいられない。

香蘭が沈黙していると、或留亜は香蘭の気持ちを察してくれたかのようにどこまでも優しい言葉を掛けてくれる。

「おまえは誰かのために泣くことができる娘なのだな。誰かの涙に値する人間なのだな。だから常に素晴らしい人間に囲まれている」

「ありがとうございます。殿下や或留亜殿もそのひとりです」

「それは有り難いことだが、それがしの畜生のような所業を知っても同じふうに思ってくれるかな」

「──それがあなたの後悔、あなたの宿痾《しゅくあ》なのですね」

「ああ、何度地獄の炎に焼かれても仕方のない罪を犯した」

「話してくださいますか」

「もちろんだ」

或留亜はそのように前置きすると、昔語りを始めた。

「昔、昔、あるところに王様がいた。その王様は寧夏国中で一番の勇気を誇り、弓の名手でもあった。武断的で豪胆な性格をしており、中原国の重臣は憂慮していた」

「その王とは殿下のお父上、芽師津号新様ですね」

「そうだ。有り体に言えば中原国の重臣は号新様を恐れた。号新様のような武勇に秀でた王が西戎を纏め上げれば北胡と同じ、いや、それ以上の脅威になると。そこで中原国の重臣たちは悪魔のような発想をひらめいた」

「……悪魔のような発想」

「一言で言えば嫌がらせだ。ただし、とても陰湿な。剛勇で知られる号新様を恐れた重臣たちは、せめて二代続けて傑物が出ないようにと願った」

「次の王子は無能であれ、と？」

「中原国の重臣たちは寧夏国に密偵を送り込むと、号新様の御子息を徹底的に調べ上げた。そして秘密を知ってしまった」

「……双子であるということでしょうか」

「さすがに察しがいいな。その通りだ。しかも双子のふたりは英邁《えいまい》で勇敢だった。二代続けて傑物が王になられたら困る。だから中原国の重臣は言った」

　芽師津号新の嫡子が双子であるという報告は受けていない。寧夏国は人質として太子を中原国に差し出すのが慣例となっているが、誰を送るか、楽しみであるな。

「その問いに対し、号新様は無言にならざるを得なかった。中原国の朝廷に双子であると届けていなかったのは事実、本来、双子は不吉の象徴でもあったが、寧夏国にはちょうどいいと思っていたのだ。双子のうちどちらかを南都にやれば片方は寧夏国に残せる。――しかし中原国の重臣の狡猾《こうかつ》さは素朴な遊牧民の比ではなかった。号新様の思惑など、一瞬で看破して究極の二択を強いてきたのだ」

　どちらを送るかは王の腹の内次第。一官僚である私にはなにも言えないが、どちらを送って、どちらをどう〝始末〟するか、陛下も臣僚たちも固唾を呑んで見守っていますぞ。

意訳すれば、双子の不出来なほうを人質として寄越し、優秀なほうは殺せ、と言っているのである。

文官らしい穏やかにして知性ある物言いだが、その行間に隠された意味はおぞましいものであった。

将来の禍根を残さぬための処置であったし、号新の忠誠度を測っている面もあるのだろう。当時、中原国は北胡に対して優勢であり、寧夏国に軍を差し向ける余裕もあった。また号新は中原国の偉大さと強大さを叩《たた》き込《こ》まれていた。悩みはするだろうが実行する、という確信のもとに発せられた言葉であったが、中原国の重臣は誠に慧眼《けいがん》で狡猾であった。

「蛇のような目をした男」

後に号新はそのように語ったというが、結局はその男に屈した。双子であると世間に内密にしていたのは事実であるし、あわよくばと思っていたことも事実だからである。要は号新は中原国に屈服せず、機会を窺《うかが》っていたのだ。その芽を完全に潰された号新は行動によって弁明をするしかなかった。

号新は悩み抜いた末、保案を選び、段区を見捨てた。理由は段区のほうがやや優秀だったからである。中原国の諜《ちょう》報網《ほうもう》は甘くない。優秀なほうの息子を残せば叛意《はんい》ありと疑われる可能性もある。それに双子の差は微々たるものであったし、どちらが生き残っても変わらないと思ったのだ。

号新も長年にわたる人質生活を経験しており、家族に対して愛情を持てなくなっていた。子供などまた妻に産ませればいいと思っていたのだ。あるいは中原国は号新という男の〝人間性〟をもすでに殺していたのかもしれない。

宗主国の重臣と従属国の王の駆け引きは、悲哀と悲劇に満ちていたが、救われなかったのは見捨てられた段区とその母親であろう。段区は草原に連れて行かれると残酷にも麻袋に入れられ、棒で叩き殺されたという。貴人の血で大地を汚さないという不文律を遵守したのだ。その母親はずたぼろになった息子の死体を見せられ正気を失い、双子を産んだことさえ忘れてしまった、というのが事件の顚末《てんまつ》であった。

「なんとむごい……」

それ以上、言葉は浮かばなかった。国というものの恐ろしさ、政治の愚かさ、それらを象徴しているかのような事件であったが、香蘭が目指す道にはいつかそれらが待ち構えているような気がした。

「心中お察しします」

なんの個性もない慰めの言葉しか掛けられなかった。だが、或留亜は不要、と自嘲気味に笑った。

「他人事《ひとごと》のように語っているが、段区様を殺した当事者はそれがしだ」

「な……」

　絶句する。

「それがしが段区様を殴り殺した」

「……王命だったのでしょう」

「そうだ。号新様の命令によって幼き頃から手塩に掛けて育ててきた双子のひとりを殺した。王妃様のご子息を殺した。保案様の弟君を殺した。人を殺してしまったんだ」

「……それがあなたが抱えているもの。あなたの〝罪〟なのですね」

「そうだ。一生掛けても償えない罪だ。それがしには地獄でさえぬるい。だからいっそ――」

　或留亜はそのように言い放つと、腰の剣に手を掛ける。自刎《じふん》する気のようだ。あるいは己の腹を切り裂くか。どちらにしろ死ぬ気のようだ。それは医者として止めなければならない。

「お待ちください。生きて罪を償う道もあります。実際、あなたはこの数年間、罪の意識にさいなまれてきたはずです。業を背負って生きてきたはずです」

「その通り。しかし、もう疲れた。これ以上、保案様を騙し通せない」

「いえ、一生騙してください。一生、背負ってください。あなたは双子の重みを背負って死ぬべきだ」

「この老人にまだ働けと？」

「違います。〝生きて〟ください。あなたは生きるべきだ。段区様のためではありません。保案様のために」

「保案様……」

「そうです」

「罪を背負ってなお生きよと言うか。宮廷医の娘よ」

「お気に召さないならばその剣でわたしをお斬り捨てください」

「…………」

　或留亜は悩み抜いた末、剣を納める。無論、香蘭を斬る気など微塵もないであろうが、己を罰する気持ちもなくなったようだ。

　ありがとう、と一言だけ言うと、或留亜は初めて香蘭のほうに振り返った。皺《しわ》が刻まれた顔が少しだけほころんでいるようにも見えた。もはや自害することはないだろう、そう安心したが、或留亜は香蘭にたしかに数歩歩み寄ると、よろめき始める。膝から崩れ落ちる。

「或留亜様！」

「……自刎するまでもないようだな。天命が近づいているようだ」

「どういう意味ですか？」

「それがしの脳には出来物がある。西戎人の医者によれば死病だそうな」

「そんな大病を隠していたのですか⁉」

「すまない」

「なぜ、わたしに、いや、どうして白蓮殿になにも言わなかったのです」

老人は困った顔でなにかを伝えようとするが、言語不明瞭になっていく。

「雲州青山県――」

「え？　それはなんなんです？」

香蘭が問うが老人は脂汗を流し、なにも答えない。ただ、うわごとのように言葉を発する。

「西戎では殺せなかった。御母堂のいる地ではさすがに……。だからそれがしは雲州青山県に……」

「中原国の重臣もそれを望んだ……。目の前で死を確認……」

「しかし、あれは本当に段区様だったのだろうか……。王はそれほど無慈悲な方なのだろうか……」

「たしかにそれがしは段区様を殴った。殴り殺した……。しかし麻袋に入れたのはそれがしではない……」

「もしも生きていればあの陸晋とかいう少年がもしや……」

「分からない。もうなにもかも分からない……。目の前が真っ暗だ……」

脳の腫瘍によって視界すら奪われつつあるのだろう。思考も健常ではなくなっていた。なにを尋ねても的外れなことしか言わなくなっている。

ただ、或留亜の言葉を拾っていくと、殴り殺した段区は別人で、雲州青山県で生きている可能性を示唆していた。そして雲州青山県には保案にそっくりの美童がいたことをしきりに気にしている。そのものの名は陸晋――。

香蘭は軽く混乱するが、ここで思考を巡らせても仕方なかった。岳配の家来に或留亜を馬に乗せるように頼むと、三人で南都に戻った。

†

南都に戻り、西苑に或留亜を連れて帰ると、保案は驚愕した。幼き頃から面倒を見てくれた守り役、唯一の理解者である或留亜が意識不明の重体になっていたからである。

保案は香蘭に詰め寄ると叫んだ。

「いったい、なにがあったんだ⁉　おまえがついていながらなんでこんなことになったんだ!!」

その声には批難と怨嗟《えんさ》の念が籠もっていた。香蘭はとっさに目を背ける。双子の弟君を殺したのは或留亜様です、などと言えるわけがない。それに香蘭は医者だった。

なぜ、その場で処置できなかったと問われれば、未熟であったからとしか弁明できない。しかしそれは患者やその家族にはまったく関係のないことで、香蘭が未熟だろうが、半熟だろうが、人を救えなかったことに変わりはない。香蘭は拳をきつく握りしめ、

「……申し訳ありません」と言うしかなかった。

それでも保案は香蘭の襟首を締め上げるが、見かねた陸晋がそれを止める。しかし、すでに友人となっていた陸晋の言葉さえ届かない。保案は嗚咽《おえつ》を漏らし、天を仰ぎ見ながら呪詛を述べる。

香蘭たちは黙ってそれを見つめるしかなかった。掛ける言葉がなかったのであるが、それでも香蘭は一歩前に歩み出し、言葉を紡ごうとするが、それを止めるものが――。

香蘭の肩を摑んだのは師の白蓮であった。

師は神妙な面持ちで諭す。

「無駄だ。保案の瞳を見てみろ」

「……保案様の瞳」

香蘭は保案の瞳を見つめる。どこか虚《うつ》ろで輝きを欠いている。

「あれは……」

香蘭も気が付く。保案はあのときと同じ瞳をしていた。初めて出会ったときと同じ瞳をしていた。人の気持ちを顧みない人間の瞳、女官の尊厳を踏みにじる人間の瞳、小さな暴君の瞳をしていた。

「そんな……これじゃあ、元《もと》の木阿弥《もくあみ》だ」

香蘭は唇を嚙《か》みしめるが、白蓮の言うとおり、今はどんなに言葉を尽くしても保案の心には響かないだろう。香蘭たちは撤収をするしかなかった。

見れば西戎国の典医たちが次々に駆け付けてきていた。西戎は中原国よりも医療の技術が遅れていたが、それでも保案の典医たちは彼らなりの技術と自負を持ち合わせていた。異国人であり部外者である香蘭たちに好き勝手にさせるつもりはないのだろう。慇《いん》懃無礼《ぎんぶれい》に追い出される。

そのまま白蓮診療所に戻るが、その後、数週間の間、保案と面会することはできなかった。或留亜はその間、寝たきりになる。混濁する意識の中、まれに水分と栄養を摂《と》るが、排泄《はいせつ》は困難になっていた。誰の目から見ても或留亜の命の灯火《ともしび》は尽きかけていたが、諦めないものもいた。陽香蘭は或留亜の命、保案の心、両方救うつもりであった。

白蓮はそのことを熟知していたので、このひと月、なにも言わずに診療所でいつものように医療を施していた。ただ、無言で香蘭の物置き場に本を置いてくれた。

「頭蓋骨切開技術全般」

「人間の脳の構造と腫瘍のできる部位」

「脳神経科学」


それらの書物は白蓮の世界の技術をもとに彼自身がこちらの世界の言葉に翻訳したものだ。世界に数冊しかない貴重な医術書だった。

診療を終えると、それらの書物を貪るように読んだが、すべて読み終えると香蘭はふたつのことを悟った。

ひとつはこれらの技術を習得すれば或留亜を救えるかもしれないということだ。そしてもうひとつは香蘭がそれらの技術を習得せねばならないということだった。師である白蓮は優しくはあるが、甘い人物ではない。これらを読ませたということは香蘭自身で手術せよと言っているのだろう。

白蓮の医術は金が掛かる。親類が倒れていてもそいつの箪笥《たんす》に金が有るか確認してから、というのが彼のモットーであった。

それにおそらくであるが、白蓮は香蘭の成長を信じていた。この医術書と自分の的確な指示があれば香蘭でも開頭手術ができると判断したのだろう。有り難いことであるが、さらに深慮遠謀もあるように思える。

保案が心を開いたのは香蘭の誠意が届いたからだ。不幸な出来事が重なって開きかけた心は再び閉じつつあるが、それを再度開かせるのも香蘭以外にできないと師は思っているのだろう。

「自分で始めたことは自分で責任を――」

と無言で教えてくれているのだろう。そのように解釈をした。事実、医術書を読み終えると、白蓮は香蘭をとある場所に誘った。墓場だ。死体を埋める前に開頭手術の練習をさせてもらうのだ。

無論、違法であるが、白蓮の座右の銘は「法律など糞食《くそ》らえ」だった。それに香蘭も法を犯してでも人を救うべき時があると思っていた。仏様もきっと理解してくれるだろう、遺族にも謝礼はする、そのように自己弁護しながら夜な夜な頭蓋骨を切り開いた。

一週間ほど死体を相手に手技を練習していると、ひとりでも手際よく開頭できるようになった。腫瘍があれば取り除くこともできるだろう。あとは腫瘍の場所さえ分かれば香蘭でもなんとかなるだろうと思った。

師もそれを察したのか、最後のほうは見守ることすらなく、死体置き場の片隅で酒を飲んでいた。烏賊《いか》を蠟燭《ろうそく》の火であぶるまでは理解できたが、鱈《たら》の白子や海胆《うに》を食すのは呆《あき》れたが。ただ、陸晋はそうではないようで、

「まあまあ、白蓮先生はこういうときに深慮遠謀を発揮するお方ではないですか。今まで何度も見てきたでしょう?」

と擁護する。たしかにその通りなのだが、時々、ただの酔っ払いにしか見えないときもある。なぜならば白蓮は白子と海胆を食べ終えると陸晋に、

「美味い! ねっとりしたものを見ているとどうもねっとりした食い物を食べたくなる。こちらの世界だとあん肝はなかなか手に入らないが、子羊の脳はある。陸晋、用意できるか?」

なんの悪気もなくそう言い放っていたからだ。

陸晋は香蘭のように呆れることはなく、

「このような深夜には難しいかと」

常識論で返答する。

「そこをなんとかするのが陸晋だろう」

「世の中にはできることとできないことがあります」

「違いない。――さてと、この娘に教えることはもうない。あとは実践あるのみだ」

そのように言い残すと、陸晋を連れ出そうとする。困惑する陸晋。

「あ、あの、僕は香蘭さんに握り飯を作ってきたのですが」

「知っている。おまえの握り飯は絶品だ」

「もしかしてお腹《なか》が減っています？」

「弟子の夜食を横取りするほど卑しくないさ。それはそこに置いておけ。俺はおまえに用がある」

「僕にですか？」

「ああ、そうだ。香蘭が或留亜の腫瘍を取り除くことは疑いない。保案の心も解きほぐすだろう。しかし、或留亜の憂いは別だ」

「……腫瘍は取り除けても、憂いは取り除けないのですね」

「そういうことだ。俺にできるのは弟子の真心が伝わるように助力することだけ」

「そのために僕が必要なんですね」

「そういうことだ。今から痛い思いをするが耐えてくれるか？」

「もちろんです。僕は先生に身も心も捧げています」

「よろしい。腐女子が聞いたら身悶《みもだ》えしそうな答えだ」

白蓮はにやりと微笑むと、香蘭のほうに振り向き、

「俺に稚児趣味はないからな。勘違いするなよ」

と釘《くぎ》を刺す。

「分かっていますよ」

と陸晋の作った握り飯を頬張りながら返答するが、興味深くはあった。陸晋と白蓮の

関係がではない。白蓮の深慮遠謀とやらが気になるのだ。

「──まったく種明かしをしない人だからなあ」

皇帝陛下の前で歌舞を踊ったときも、姉上の目を治したときも、白蓮は黙して語らなかった。いつも絶妙な瞬間にやってきて、高度な医療を施し、的確な言葉を紡ぐだけであった。まったく無駄のないその行動は本人の性格と能力を体現しているかのようであったが、このような人物、中原国はおろか、天下を見渡してもそうはいないだろう。

「そんな天下一の医者の弟子になるというのは幸せなことだ」

──こうして墓場の中で美味い握り飯を頬張るのも。

そのように纏めると握り飯の中心部までたどり着く。具材の登場であるが、陸晋が用意した具材は〝筋子〟だった。

筋子とは鮭《さけ》の卵を塩漬けにした食材だ。東夷では一般的な食べ物らしいが、中原国ではあまり食べない。食通の白蓮が用意させたのだろうが、よりにもよって人間の脳を弄《いじ》っているときにこの具材を選ばなくても、とは思う。

（……きっと大量に仕入れすぎたのだろうな）

腐らせる前におにぎりにしてしまえ、という発想だと思うが、やはり陸晋も少し変わった子だ。白蓮の影響が色濃く見える。

（いい影響だけ受けて育ってくれればいいけど）

母親のような気持ちになりながら筋子のおにぎりを嚥下《えんげ》し終《お》えると練習に戻る。実はこの練習と並行して宮廷工作も行っていた。頑なに中原国の医者を寄せ付けない保案に対し、策を仕掛けていたのだ。

香蘭は畏れ多くもこの中原国で一番偉い方の力を借りるため、東宮様に奔走して貰っていたのである。

†

一二品官東宮府所属見習い医陽香蘭、皇帝陛下の勅命により、寧夏国の武官甘句或留亜を治療せよ――

夏が近づいた頃、右記の勅書を持った勅使がやってくる。母親は腰を抜かしたが、香蘭としてはやっと来たか、という感じだった。

これが香蘭の策なのだ。

保案は心を閉ざし、香蘭たちを或留亜に近づけまいと中原国の医師を拒んでいた。その意思は堅く、東宮様の差し向けた医師さえ拒むほどであったが、皇帝の命令となるとそうはいかない。

無論、それでも保案は渋っただろうが、皇帝陛下の恩寵《おんちょう》や善意を拒めるほど寧夏国の立場は強くない。

側近たちの必死の懇願、それと父王の命令により、渋々、勅命を受け入れた保案は、香蘭を屋敷内に招き入れる。

一ヶ月ぶりに再会した保案の目に生気はない。もはや暴君になる気力もないようで、ただ無気力にうなだれていた。痛ましささえ感じてしまうが、彼に生気を注入するため、手術の説明を始めた。

「これからわたしは或留亜殿の頭蓋骨を切り開き、腫瘍を摘出します」

端的なその言葉に周囲のものに動揺が走る。無気力だった保案でさえ声が裏返る。

「な、なんだって、そんなことをすれば死ぬぞ」

保案は叫ぶ。

「そんなことをしなくても死にます」

たしかにその通りなので保案は反論できないようだが、彼の横にいる西戎人の医師は違った。

「あり得ない。頭を切り開けば即死する。或留亜様は殿下の忠臣。死の運命が定まっているのならば、せめて安らかな死にしてやるべきだ」

「緩慢な死です。それも後悔の念を抱きながら死ぬだけ」

「なんだと」

「わたしは或留亜殿が意識を失う前に会話をした最後の人間です。彼は後悔の念に駆られていました。後悔をするのはいい。成長と同義であるのだから。でも無念を抱えたまま死ぬのはあまりにも不憫だ」

「無念……」

保案は小さくつぶやく。

「たしかにそうだった。或留亜はいつも後悔していた。いつも背中に死体を乗せているような沈痛な面持ちをしていた」

「その死体を取り去りたいのです」

「おまえにそれができるのか？」

「できません。それをするのはわたしではない。わたしの師と殿下です」

「分からない」

「実はわたしも分かっていません。ですが自分の師匠と同僚を信じています。それと殿下の可能性も」

「俺の可能性？」

「殿下はこのような場所でくすぶったり落ち込んだりするような人物ではない。本来の殿下は大草原を馬で駆ける気宇壮大な少年のはず。或留亜様もそれを望んでいたはず」

「……そうかもしれないな。或留亜は常に大草原の風を感じろと言っていた」

「わたしができるのはその風を起こすことだけ。あとは殿下と或留亜殿次第」

そのように断言すると、

「それではこれから開頭手術を行います。よろしいですね」

凛《りん》と言い放つ。

西戎の医師たちはなにも反論することはなかった。香蘭の瞳の中にたしかな自信と意思を見たのだろう。

香蘭はそのまま西戎の医師たちに助力を請い、ビニールのテントを作る。雑菌を寄せ付けないための処置である。西苑の医療所は最新のものであったが、この国の医療知識を基に作られていた。要は雑菌が入り込む余地があるのだ。腫瘍摘出に成功しても細菌に感染してしまえば元も子もない。脳は身体の中で一番繊細な臓器なのだ。

香蘭は細心の注意で手術にあたる。自身はもちろん、助手たちの身体の消毒も念入りに行うと、手術道具も二重三重に殺菌する。白蓮から借り受けたメスや医療用鋸《のこぎり》を念入りに調べ、問題がないことを確認すると、

「それでは手術を行います」

と宣言した。

助手に麻酔の効いた或留亜を剃髪《ていはつ》させると、そのままメスを通す。すうっと入る白銀

の刃《やいば》。さすがは当代の名工が仕上げたものであった。その切れ味は古今の名刀をしのぐほどであった。

脳の開頭手術は半日掛かりだ。いや、未熟な香蘭では一日ほど掛かる。

その間、香蘭は立ちっぱなしであり、食事も休憩も取らない。

香蘭は師のように手際よくメスを振るうことはできない。ならば慎重さと忍耐力を売りにせざるを得ない。

とはいえ、脳の手術は一分一秒を急ぐもの。脳が外気に露出している時間は短ければ短いほどいいのだ。己の最速を貫くにはぶっ続けでやるしかないのだが、手術中、二度ほど気を失いかけた。香蘭がかろうじて気を失わなかったのは、何度も何度も練習を重ねてきたからだ。多少、気が遠くなろうが、指が動くようになっていたのである。

半日後、香蘭の努力は結実する。最後にたらりと汗が垂れるが、それを助手が拭い去ると香蘭は慎重に切断した頭蓋骨をはめ込む。あとは皮膚を縫い合わせるだけであるが、これは西戎の医師たちに任せてもいいだろう。横着したいわけではないが、正直、体力の限界を超えていた。それに太子の守り役の手術をすべて中原国の娘がやったとなれば、寧夏国は面目を失うだろう。任せるべきところは任せるべきであった。

政治的な配慮というやつだが、このような賢しい知恵をつけたのは間違いなく師である白蓮の影響だった。医者はメスだけ振るっていればいいと言うものもいるが、冷静《クレバー》に立ち回ってこそ白蓮一門の医者と言える。そのように自画自賛していると或留亜が目覚める。

　夜中、くわりと目を開けると或留亜は問うた。

「それがしは助かったのか……？」

　返答をしたのは西戎人の医師だった。

「はい。そうです。助かったのですよ」

「そうか。西戎の技術で助かったとは思えない」

「残念ながらその通りです。或留亜様を救ったのは中原国の宮廷医の娘です」

間接的な物言いであったが、それでも或留亜はすぐに解した。つまり脳の腫瘍の除去に成功したようだ。初めての開頭手術であったが、師の知識と事前の練習によって香蘭は完璧にこなすことができた。それに腫瘍は脳の表面にあった。要は香蘭のように未熟な外科医でも取り除ける位置にあったのだ。幸運であった。そのことを伝えると或留亜は「有り難い」と微笑んだ。

　その笑顔を見て涙を流したのは保案であった。

「或留亜が笑った。二度と笑わないと思っていた或留亜が笑った」

植物状態の人間は笑わない、という意味もあるが、それ以上の意味もある。或留亜は元々、花崗岩《かこうがん》のように厳しい武人、人前で笑うことはない。段区の件もあり、笑みを漏らすことさえ稀《まれ》であったのだ。そんな或留亜が笑ったのを見て保案は心の底から嬉しいという気持ちが湧き出た。

大鍬形を捕ったときと同じように喜び、香蘭の手を握る。香蘭は力強く手を握り返すが、麗しい光景は長くは続かなかった。或留亜が急に悶え苦しみ始めたのだ。

「なぜだ⁉」

手順は完璧だった――はずである。手順は完璧であったはずが、なにか見落としがあったのだろうか。

自問せずにはいられなかったが、答えを導き出したのは香蘭の師であった。

悠然と現れた白蓮に香蘭は問いただす。

「わたしの手術が失敗したのでしょうか。わたしが未熟だから……」

「おまえは失敗していない。意識を侵蝕《しんしょく》していた腫瘍は完全に取り除いた」

「それではなぜ？」

「脳の表面だけでなく、おそらく内部、つまり脳幹《のうかん》にも腫瘍があったんだ。脳の奥の腫瘍は俺でも取り除けない」

「そんな……」

「つまり天命だ。おまえは最善を尽くした」

その言葉を聞いた保案は表情を曇らせるが、闇に落ちるよりも先に白蓮が叱咤《しった》する。

「芽師津保案‼　うなだれるな！　甘えるな！」

激烈な言葉にびくりと反応する保案。

「おまえはこの先も一生うずくまって生きるつもりか？　なにかあるたびに香蘭を頼るつもりか？　一生寝小便を垂れ続けるつもりか？」

「…………」

「違うだろう。そうではないだろう。おまえは王太子だ。王の子だ。いつか必ず王になる存在だ。そんな人間が天命で死に行くものを笑顔で見送れずどうする？　おまえのように情けない主を持った或留亜はどうやって黄泉路《よみじ》に旅立てというのだ」

「……情けない王」

「そうだ。少し前までのおまえのことだ。しかし今は違う。香蘭の懸命な手術に感銘を受けただろう。真心を感じただろう。おまえはそれを或留亜にも渡してやれ。それこそが王の示す道、香蘭の誠意に応える道だ」

「王の道――、香蘭の誠意――」

保案は、こくり、と微かに頷《うなず》くと、力強い光を瞳に宿す。それを見届けた香蘭は後方を振り返る。白蓮ならば必ずとある人物を連れてきていると思ったのだ。

――そこにいたのは保案そっくりの少年だった。女の衣服を身に纏っていない陸晋がそこにいた。

陸晋はなにも言わずにその場にたたずんでいる。白蓮も余計なことはなにもしゃべらない。

なにをなすべきか、なにを語るべきかは保案が決めることであった。

彼が香蘭たちの思った通りの人物ならば必ず発するであろう言葉を待つ。

必ずつくであろう〝嘘〟を待つ。

保案は意を決すると、意識が朦朧《もうろう》とし始めた老人に静かに語りかけた。

「……或留亜。或留亜」

「…………なんですかな、保案様」

数拍遅れて或留亜は返事をする。

「おまえは死ぬのか？」

「…………はい。天命でございます」

「寂しくなるな」

「…………なんの。保案様には楽しげな御友人がふたりもできたではありませんか」

或留亜はあさっての方向を見つめる。もはや誰がどこにいるのか、脳が認知できなくなっているのだろう。

いよいよ命の灯火が消えかけていることを察した保案は、〝友人〟のひとりである陸晋の手を引くと、或留亜の前に連れてくる。

「……ああ、この子だ。保案様にそっくりな御友人。――どうか、どうか、保案様を頼みましたぞ」

陸晋が無言で頷くと、保案は言った。

「ああ、生涯、このものを友にする。このものを弟のように可愛がる」

「……それは善きこと。あとは保案様の夜溺が治れば完璧ですな」

死の間際でも失われない或留亜の冗談、その言葉に周囲のものは救われる。

「治すさ。もう小便は垂れ流さない。おまえがいなくても生きていけることを証明してみせる」

「……善き善き」

或留亜はにっこりと微笑むが、保案は或留亜が天に召される前にこのような台詞を放った。

「――いや、このものは実際、俺の弟だ」

なにげなくもとてつもない発言をさらりと言うが、或留亜の反応は薄かった。

「……」

「確認したんだ。このものはたしかに俺の弟だった。八年前、おまえは中原国雲州青山県で弟の段区を撲殺したと言っていたが、それは違った。同行したものが気を利かせて麻袋の中に別人を入れたんだ。近所で死んだ子供の死体を買い取って入れたんだ」

「……………そう……なのですか……？」

「ああ、だからおまえは人殺しではない。俺の弟を殺した不忠者ではない。証拠を見せる」

そう言うと陸晋の上半身をはだけさせる。自身の身体も同時に露出させる。

保案は右肩、陸晋は左肩を晒《さら》すが、そこにあったのは月の形をした痣《あざ》だった。

「………あ、ああ………、その痣はまさしく………」

「そうだ。俺と段区は双子。なにもかもそっくりだったが、肩の痣だけは対称の場所にあった。俺と似た人間はどこかにいるかもしれないが、この痣があるのは段区だけだ」

「……生きておいでだったのですね」

老人の瞳から止めどなく涙が流れる。王命によって殺した段区が生きていた。それは主の弟君を殺した罪から解放された瞬間でもあった。

老人はひとしきり涙を流すと最後に「ありがとう」と言った。そして以後、涙を流すことも、言葉を話すこともなくなった。死んだのである。

甘句或留亜——。寧夏国に生まれた武人。その性格を買われ、太子の守り役に抜擢《ばってき》されて一三年。寧夏国に忠義を尽くした人生であったが、報われないことこの上ない人生でもあった。

華々しい戦場からは遠ざけられ、守り役を黙々と務める人生。

王命によって自分の仕える主を殺す人生。

人質の同伴として異国の地で暮らす人生。

それらを背負って生きてきたが、最後の最後で報われることができた。

少なくとも香蘭はそう思った。

天に旅立った老人の顔を見る。その顔は武人ではない。軒先で孫たちが遊ぶ声を聞きながら安楽椅子でまどろむ好々爺《こうこうや》そのものであった。

このような死に様を得た老人が不幸なわけがない。

多難ではあったが、充実した人生であったはず。

そう確信した香蘭は医師として或留亜の脈の有無を確認すると、彼の死亡時刻を告げた。

「亥《い》の刻《こく》――甘句或留亜様の死を確認しました」

香蘭からその言葉が発せられると、保案の屋敷は聖なる墓所となる。

保案は涙をこらえ、女官たちは涙を溢れさせる。生前の或留亜を知るものは例外なく悲しみを見せた。

それは香蘭とて例外ではない。香蘭は押しつぶされそうな心を叱咤すると、最後の務めを果たす。

保案を抱きしめ、「泣いてもいいんだよ」と彼の耳元で囁く。

その言葉を聞いた保案は、「うわん」と泣いた。「嗚呼《ああ》」と叫んだ。

香蘭の胸の中で身も世もなく泣き崩れた。

白蓮と陸晋はそれぞれの面持ちでその光景を見守った。

†

甘句或留亜の葬式は西戎の慣習に則って行われた。

「鳥葬」

によって行われたのだ。

鳥葬とは死体を土葬にも火葬にもせず、大地に放置する葬式である。死体を鳥に食べさせ処理するのだ。一見残酷な儀式に見えるが、西戎では普遍的に行われており、名誉ある葬り方であった。異民族の部外者である香蘭がとやかく言う筋合いはない。

ただ或留亜との別れを偲《しの》びたかったので、当日、東宮様に馬車を手配してもらって一門全員で葬式に向かった。その車中、香蘭は顚末の感想を述べる。陸晋をまじまじと見つめながら口を開いた。

「まさか、陸晋が寧夏国の王子様だったなんて」

その言葉に陸晋はくすりと反応する。

「なにを言っているんですか、香蘭さん。僕が王子様のわけがないでしょう」

「しかし、陸晋には痣があったじゃないか。双子の弟の証が」

「ああ、あれですか。あれは白蓮先生につけていただきました」

「な、なんと」

信じられないという顔で白蓮を見つめると、白蓮はつまらなそうに言った。

「墓場で別れたときに言っただろう。おまえの助力をすると」

「確かに言っていました。陸晋に痛い思いをさせるとも」

「そうだ。陸晋の左肩には微かだが火傷の痕が残っていた。日常生活に支障はないし、放置していたが、いい機会だから治療した」

「それと同時に痣も作ったということですか」

「そういうことだ」

にやり、と懐から酒を取り出す白蓮。

「白蓮殿の手練手管は神がかっている」

「どうも」

まったく気にすることなく酒を飲む白蓮。車中が揺れるのですぐ酔いそうだとうそぶく。

まったく、と呆れる香蘭だが、とあることに気が付く。

「――待てよ。左肩に火傷の痕があったのなら、もしかして火傷する前は陸晋の左肩に痣があった可能性もありますよね」

「あるね」

あっさりと認める白蓮。香蘭は陸晋を見つめるが、彼は笑みをたたえながら答える。

「僕が火傷を負ったのは大昔ですよ。幼すぎて覚えていません」

「そ、そうか」

「あったような、なかったような、そんな感じです」

「うーん、曖昧だ」

「曖昧にしておきましょう」

陸晋がそのように述べると白蓮も同調する。

「そうだぞ。なんでも白黒決めたがるのはおまえの悪い癖だ」

「そうかもしれません」

「陸晋の右肩には元から痣があったかもしれないし、なかったかもしれない。それでいいじゃないか」

そのように纏めるが、補足も付け加える。

「ちなみに陸晋は学習障害を患っている。文字を読めないし、書けない」

「それは知っています。──あッ」

とあることを思い出す香蘭。

「そうだ。おまえは保案の持っている手紙をすべて調べていたな。その中には段区の手紙もあったんじゃないか?」

「はい、ありました。まだ五歳児が書いたというのに達筆な文字でした」

「僕は自分の名前も書けません」

「それが答えだと思うがね」

そう言うと白蓮は懐の酒を飲み干す。次いで香蘭の道具箱に視線をやったのは医療用のアルコールに目をつけているからだろう。

直近で手術の予定はないが、医療用のアルコールを飲ませるのもどうかと思ったのでたしなめると、白蓮は「けちくさい女だ」と拗《す》ねた。これだから酒飲みは、と呆れていると馬車が止まった。

目的地に到着したようだ。

そこにはすでに白骨化した或留亜の死体があった。身体の一部が欠損しているのは鳥たちがついばんだのだろう。つまり完璧な鳥葬だったということだ。

鳥たちが或留亜の身体を食べ、己の血肉とした証であった。

その鳥たちは或留亜の肉体だけでなく、魂も食べたに違いない。

その鳥たちは今、大空を飛び、西域に向かっているに違いなかった。

そう信じて疑わない香蘭は、心の中で言葉を紡ぐ。

甘句或留亜は異国の地で死んだが、その魂は故郷に帰るだろう。

その言葉を喪主である保案に伝えると彼は嬉しそうに微笑んだ。

葬式はつつがなく終わった。保案は相変わらず悪戯小僧の一面を残していたが、ひとつだけ大きく変わったことがある。女官伝《づて》に聞いたのだが、あの日以来、保案は夜溺をしていないらしい。

夜尿症が治ったのである。

保案は少しだけ大人になったようだ。精神的な成長を遂げたようだ。

十二章　五品官象

「東宮殿下は動物がお好きなのですね」

そのように話しかけてきたのは父親の寵姫のひとりだった。東宮劉淵《りゅうえん》が動物好きであると見抜くとは慧眼である——、とは言えないだろう。東宮は御所で無数の動物を飼っており、動物が好きであることは明らかであったし、指摘されたのも初めてのことではなかった。

しかし、一〇に満たぬ少年が己の好きなものを言い当てられて興奮を抑えられるわけがない。劉淵は貴妃の手を引っ張ると愛する動物たちを紹介した。

最初に見せるのは金糸雀《カナリア》。南方に生息する珍しい鳥で南蛮から献上された貴重なものだ。皇帝である父親にねだって下賜して頂いたものであるが、劉淵はこの繊細な小鳥が好きで、日がな一日、さえずりを聞いていた。

その次に紹介したのは栗鼠《りす》だ。これは飼っているわけではないが、劉淵は御所にいる縞々《しましま》の尻尾を持った栗鼠に名前を付けて可愛がっていた。名前を紅蘭《こうらん》という。後年、御典医を務めさせる娘と発音が同じであるが、なんの関連性もない。ただ、頬袋に栗《くり》をたくさん詰めて食べる仕草は似ていなくもなかった。

その栗鼠を遠くから狙うは一匹の雄猫。灰色狼《はいいろおおかみ》のような毛並みをした長毛の、御所の軒下で生まれた猫だ。三匹、兄弟がいたが彼以外はすべて病死するか、烏《からす》の獲物になってしまった。彼が無事、育っているのは一際人懐こいから。手から直接餌を食べるくらいに劉淵に懐いており、ぶくぶくと太っていた。二貫くらいの重さはあるのではなかろうか。

長毛種であることも相まってか、女官たちから猫ではなく小さな虎なのではないか、と囁かれることもある。その性格は温厚で優しく、他の猫が縄張りに侵入してくると餌を譲ってしまうこともあるほどだ。赤の他人の猫を実の姉妹や兄弟のように迎え入れる度量のある猫だった。ちなみに彼は灰蓮《かいれん》という。こちらも後年、縁ができる名前であるが、運命性は一切ない。

そして最後に紹介したのは一番の友達であった。東宮御所にいる唯一の友人、それが犬の大司馬《だいしば》であった。

大司馬とは軍事を司《つかさど》る役人の最高位の官職名であるが、東宮は友人にその名前を付けた。なんでもこの犬は東方の蓬萊という国にいる「シバ」という犬種らしく、それにちなんだ名を与えたのだが、彼はその名にふさわしい勇敢さを持っていた。

先日発生した暗殺未遂事件も大司馬によって未然に防がれた。東宮御所に侵入した賊に果敢に吠《ほ》えかかり、衛兵に賊の居場所を知らせたのだ。

その報告を聞いた皇帝は「劉淵は虎だけでなく、狼も飼っているのだな」と感心したという。ただ、それ以上、興味を示すことはなく、犯人が誰であるかも突き止めようとしなかったのは、政治にまったく興味がない左様皇帝たる所以《ゆえん》だろう。風流を極めることで忙しい皇帝にとって息子の暗殺未遂など些末《さまつ》なことであった。

子供ながらにその事実に落胆した劉淵であったが、最初から期待などしていなかったし、友達に囲まれていたので寂しくはなかった。

大司馬さえいれば、空虚な心が僅かだけ満たされたのである。

忠実で勇敢な大司馬、彼は飼い主である劉淵に絶対の忠誠を誓う存在だった。どのような命令にも従う忠犬であった。かつて東宮は大司馬に「待て！」と命令をしたことがある。御所の大掃除をする日で、それが終わるまで禽獣《きんじゆう》を入れるなと女官に諭されたからだ。だが、大掃除をして埃《ほこり》が舞ってしまったのだろう。運が悪いことに東宮は悪い菌を吸い込み、風邪で寝込んでしまった。三日三晩高熱にうなされ、快復したのは一週間後であった。

東宮は体調を取り戻すと、自分が「待て！」と命令したことを思い出す。季節は真冬、大司馬を待たせているのは空っ風が吹《ふ》き荒《すさ》ぶ場所であった。

大司馬は寒空の下、半ば雪に埋もれながら東宮を待っていたのである。東宮は一目散に大司馬に走り寄り、その身体を温めた。二度とこのような馬鹿なことはしないと大司馬を抱きしめた。

あるいはこの日、東宮は初めて本物の兄弟を持つことになったのかもしれない。

以後、東宮と大司馬は実の兄弟以上の関係で結ばれた。文字通り寝食を共にする。朝昼晩、同じ飯を喰《く》らい、同じ場所に寝る。大司馬は片時も離れず東宮を守り、東宮は全身全霊で大司馬を慈しんだ。

人と獣の垣根を越えた友情は見目麗しく、東宮を取り巻く官僚や女官たちは微笑ましくそれを見守ったが、蜜月はいつまでも続かなかった。

先日の東宮暗殺未遂を起こした一派、劉淵の弟である劉丕《りゅうはい》を担ぐ派閥が第二撃を加えてきたからだ。先日の暗殺未遂事件でなんの咎も受けなかった彼らは増長し、大胆になっていた。

皇帝が臨席する場で次期皇帝である皇太子暗殺を謀ったのだ。

通常、皇帝が催す席で出される食事は毒味がされる。皇帝自身もであるが、客人に毒が盛られぬように二重三重に監視されるのだ。劉丕一派はその目をかいくぐって大胆にも皇帝の横に座る皇太子に毒を盛ったことになる。真犯人が露見しない自信と、露見したところでどうにでもなるという慢心がこの愚挙に繋がったのだろうが、この愚かな行為は糾弾される。後日、朝廷の高官が数人、処刑されることになるのだ。

しかし、そんなことで東宮の心は慰められなかった。なぜならば東宮はこの事件によって大切なものを失ったのだ。それは己の半身ともいうべき存在。魂の欠片《かけら》ともいえる存在であった。

東宮の朋友《ほうゆう》である大司馬がこの事件で死んだのである。

大司馬は宴《うたげ》の席に乱入すると、東宮が食べようとしていた肉を奪い取り、それを呑み込んだ。

ほぼ即死であった。

劉丕一派が盛った青酸系の毒は強烈にして苛烈であった。後に判明するのだが、東宮に盛られた毒の量は柴犬《しばいぬ》程度ならば一万匹は殺せる量だったという。

泡を吹き、目の焦点を失った大司馬を抱き締め、東宮はいつまでも泣きつづけた。

東宮は夢から覚める。

いつの間にか眠ってしまったようだ。東宮に膝枕をしていた貴妃に文句を言う。

「すでに日が暮れているではないか。なぜ、起こさなかった？」

貴妃は悪びれずに、

「御典医殿に東宮様を静養させるよう命じられましたので」

と正直に答えた。

「なんだ、おまえたちはいつの間に通じていたのか」

「協力、でございますわ」

うふふ、と楽しげに微笑む貴妃。

「まったく、これだから女は好かん。すぐに徒党を組む」

「殿方と違って女はひとりでいるのが耐えられないのです」

「厠《かわや》まで一緒に行くのはどうかと思うがね」

そのように皮肉を言うが、貴妃は堪《こた》えた様子がない。東宮はよほど気に入った貴妃にしか心を許さない。膝枕をさせているということはこの貴妃を信頼しているということであった。この貴妃は聡明で思慮深く、心が澄んでいた。かつて愛した蝶には遠く及ばないが、側に置いておきたい娘のひとりだった。

「私と御典医殿だけではありません。内侍《ないし》省東宮府長史岳配様も東宮様のご健康を留意されています」

「私の健康よりも自分の健康を気にしてほしいね。岳配はいい歳だ」

「早く安心して引退したいそうですが、時勢がそれを許さないと嘆いておられました」

「まあな。私には岳配が必要だ。まだまだ国のために働いてもらわねばならない」

「老骨に鞭《むち》を打つとおっしゃっておられましたわ」

「それでは骨になるまでこきつかわせてもらおうか」

冗談を冗談で返すと東宮は立ち上がる。

「さあて、いつまでも女の膝枕にうつつを抜かしているわけにはいかない。地方から太《たい》守《しゅ》たちが集まっているそうな。彼らの陳情を聞かねば」

そのように言い放つと寝室を出ようとするが、貴妃は止めない。そうしたところで仕事を放り出すようなお方ではないのだ。ゆえにこのような場では安らぎを与えられるよう努めているのである。ただ、貴妃にはひとつだけ気になることがあったので尋ねた。

「東宮様、先ほど夢の中で大司馬、大司馬とうわ言のようにつぶやいていらっしゃいましたが、なにか大事でもあったのでしょうか？」

「…………」

その問いに東宮は無言で答える。

その沈黙を女が政治に口を挟むものではないと解釈した貴妃は、それ以上、大司馬については尋ねなかった。大司馬を官職のことだと勘違いしたのだ。

そして奇しくも大昔に後宮の貴妃が発した台詞と同じ台詞を口にした。

「東宮殿下は動物がお好きなのですね」

東宮はしばし困惑する貴妃の表情を見つめると、

「――嫌いさ。大嫌いだ」

そう言ってそのまま迎賓殿へと向かった。そこで地方の太守たちが英明な皇太子の到着を待ち侘《わ》びていた。

†

「わたしは動物が大好きなんです！」

そのような台詞を発したのは東宮の御典医見習いにして白蓮診療所の丁稚《でっち》医師陽香蘭。

なぜ、そのような台詞を発したのかといえば師匠である白蓮と軽く問答になったからだ。実は今朝方、診療所の鼠取《ねずみと》りに鼠が掛かったのである。

確認するなり白蓮は、

「殺せ」

と無情に言い放った。

そのあまりにも酷薄な態度を改めさせるために発したのが先の言葉であるが、白蓮には些《いささ》かも響かなかったようで。

「俺は犬猫の類《たぐい》は好かない。あいつらは恩知らずだ」

「それは白蓮殿が恩を与えないからでしょう」

「鼠は恩義を感じてくれるのかね？　芸でもするようになるのかね」

「そ、それは……」

うぐ、と香蘭は言葉を詰まらせた。

「俺は鼠を数えきれないほど殺した。大学時代、解剖に重宝したからな。内臓を摘出して他の鼠にすげ替えたり、新薬の実験にも使った。今さら一匹見逃したところでお釈迦《しやか》様《さま》も蜘蛛《くも》の糸は垂らしてくれまい」

「ならばせめて大義のあるものに」

「不要だ。実験動物はそれ専用に無菌で飼育しなければ意味はない。知っているか？　最良の実験動物は兎《うさぎ》だ。あいつらは鳴かないからな。なにをしようが文句は言わない」

「……ひどい」

「その酷さによって人間様は救われてきたのだよ。だから俺は感謝しながら動植物を殺している。無論、それが免罪符になるなどとは夢にも思っていないがね」

そう言うと白蓮は水を張った桶《おけ》の中に鼠を放り込んだ。溺死させるのが一番、苦しまずに済むのだそうな。

「俺は悪魔ではない。鼠は害獣なのだ。先日、診療所の片隅で鼠の糞尿の形跡を見た。鼠は不衛生な生き物だ。あの糞尿は雑菌と病原菌の塊だ。そんなものが診療所に転がっていたらどうなると思う？」

「伝染病が広がります」

「そうだ。診療所は弱っている患者たちが集まっている場所だ。人一倍、衛生管理には気をつけなければいけない」

白蓮は息絶えた鼠をじっと見つめる。それが命を奪ったものの責任であるかのように。

「糞尿の問題だけではない。鼠は人を噛む。寝込んでいる病人の耳を食いちぎった。赤子の鼻をかじった。そのような話は古今、どこにでも転がっている。俺がこの診療所の主人である限り、こいつらを近寄らせるわけにはいかないのだ」

白蓮がそのように結ぶと陸晋がやってきた。

「一本ありですね」

少年は香蘭を見ながらくすくすと笑うと、手慣れたように鼠の後始末を始めた。診療所の庭に埋めた。論理的に完全敗北であったので香蘭は落ち込むが、見かねた白蓮は、フォローのまた従兄弟のような言葉を発する。

「──俺は犬猫は嫌いだが役に立たないとは言っていない。動物には人を癒やす効果もある。我が診療所でも猫なら飼ってもいいかもな」

「本当ですか？」

香蘭の表情が一気に明るくなる。

「ああ、本当だとも。猫ならば鼠を狩る。さすれば鼠取りの節約にもなるだろう」

守銭奴らしい物言いで纏め、もしも捨てられている子猫を見つけたら拾ってきてもいいという許可をくれた。

「ならばお任せください。わたしは幼き頃から犬猫を拾ってくるのが得意なのです」

「だろうな。ご両親の苦労が偲ばれるよ」

白蓮がそのように皮肉を言うと、鼠の埋葬を終えた陸晋がやってきた。

「動物で思い出しましたが、香蘭さんは象を見たことがありますか？」

「ぞう？　聞いたことがない生き物だな」

「やはり香蘭さんでも知りませんか」

「木像や石像ならば知っているが、それとも違うのだろう」

「はい。仏様でも神様でもないです。生き物です」

「そうなればお手上げだ」

そんなふたりの会話に割って入るは師匠筋の白蓮。

「なんだ、そんなことも知らないのか」

と鼻で笑うような台詞をくれる。

「白蓮殿は知っているのですか」

「当たり前だ」

「さすがですね」

「常識だな。まあ、この国には動物園も博物館もないし、知らないで当然か」

「動物園と博物館からまず説明していただきたいところですが、長くなりそうなので象のお話をお願いします」

香蘭が下手に出たのが効いたのだろう、白蓮は偉そうに説明をしてくれる。

「象、英国風に言えばエレファント。この世界では南蛮あたりに生息する生き物だな」

「南蛮の生き物でしたか」

「知らないで当然ですね」

「そうだな。こちらの世界では生まれた場所から一〇里と旅せず死んでいく人間も多い」

「それで象とはどのような生き物なのですか」

興味にかられた香蘭の素朴な質問に白蓮は簡潔に答える。

「でかい」

「どれくらいでかいのですか」

「そうだな、高さだけならばこの診療所の天井よりもあるかもしれない」

「そんなに⁉」

香蘭は信じられないと目を輝かせたが、師匠が大法螺《おおぼらふ》吹きでもあることを思い出し目を眇《すが》める。

「なんだ、その目つきは」

「またわたしをたばかって楽しんでいるのでしょう。騙されませんよ。そんな大きな生き物がいるわけがない」

「象はこちらの世界でも史上最大の陸性哺乳類だ。でかくて当然だろう。ちなみに海にはこの診療所よりも大きい鯨という生き物がいる」

「鯨ならば知っています。見たことはありませんが」

「同じく」

海辺育ちではない香蘭、鯨自体は見たことがないが、鯨という存在は書物を通して知っている。それに鯨の素材を使った工芸品が家にある。とても丈夫でしなやかな鯨の髭《ひげ》は中原国でも楽器などに使われていた。また鯨の結石は竜涎香《りゅうぜんこう》と呼ばれ、香料や生薬の一種としても使われると聞いた。その身も美味だそうで、海辺の人にとっては貴重なタンパク源となっている。

「そうか、鯨がそれほど大きいのならば象も大きくても不思議ではないか」

「そういうことだ。象の特徴を説明するとまずはでかいと形容するのが一番だろう。次いで鼻が長い」

「蛇のような鼻をしているのですか？」

「そうだな。耳は蝙蝠《こうもり》の羽のようだ」

「おどろおどろしい生き物ですね」

「口で説明するとどうもな。しかし実際に見れば感動すると思うぞ」

「といいますと？」

「雄大な姿に見合った優しくて穏やかな生き物だからだ。獅子《しし》や虎を百獣の王と言うものがいるが、それは間違っている。象こそが獣の王だ」

「そのような品格があるのですね」

「そうだ。象はでかくて強い。だから小さな獣のようにせせこましくない。雄大に大地を踏み締め、悠久のときを生きているかのように穏やかだ」

「へえ」

「なによりもその目が美しい。つぶらで純粋で優しい瞳をしている。駿馬《しゅんめ》のような美しさと牛のような穏やかさを併せ持った目だ」

「それはすごい」

「一度見てみたいものですね」

陸晋はそのように纏めるが、香蘭の表情の変化に気が付き、尋ねてくる。

「どうしたんです、香蘭さん、表情が変ですよ」

「いや、白蓮殿は動物が嫌いと言っておきながら、生き生きと語るのでおかしくて」

「ああ、たしかに」

ふたりで首肯していると白蓮は居心地が悪そうに頭をかく。なにか反論しようか迷っているようだが、結局、素直に真相を明かすことにしたようだ。

「俺の生まれ育った世界には動物園と呼ばれる動物たちを観賞できる施設がある。上野《うえの》と呼ばれる場所にはそれは立派な動物園があって、御幼少のみぎりにはよく通ったものさ」

「さすがは仙人の国ですね」

感心しきりの陸晋。香蘭としては白蓮の世界よりも白蓮が子供の頃、動物を愛する心を持っていたことが驚きであった。

「犬猫は嫌いだ。飼うと部屋が汚れるしな。しかし動物となれば話は別だ。象は雄大だから好きだ。獅子は格好いいから好きだ。馬の優しげな瞳もしなやかな身体の造形も好きだな」

意外な一面を発見できて嬉しいが、それだけで終わらないのが白蓮という男。

「それと人間と違って無口なところが好きだ。言葉で人を傷つけることもない」

相も変わらずの人嫌いな一面を見せるが、あまり突っ込まないでおく。白蓮も余計な話をしたと思ったのだろう、動物にかこつけ香蘭を叱りつける。

「動物はおまえのように無駄口は叩かないぞ。こんなところで油を売っていないできびきび働け」

「この話をしたのは陸晋なのですが……」

陸晋はばつの悪そうな顔をするが、白蓮は陸晋贔屓《びいき》、彼には優しい。

「ああ、そうだった。まあ、たまには無駄話もいいさ」

見事な手のひら返しであるが、これくらい図太くなければ医者など務まらない。あえて突っ込みを入れずに陸晋に尋ねる。

「そういえば、なんで象の話をしてきたんだ？」

陸晋は「そうでした」と話を本題に戻す。

「先日、この診療所にやってきた将軍の方が象という動物について話されていて」

「ああ、あのときの」

香蘭も明確に覚えている。将軍様ではあるが、武張った感じのない好人物だった。たしか出来物が腫れて大変なことになった患者だ。無事治癒し、今は薬だけを渡しているので、白蓮も香蘭も話す機会はない。

「はい。その将軍様に龍《りゅう》でも殺せる毒薬がほしいとせがまれまして」

「龍でも殺せる毒薬を何に使うのか」

「はい、僕もそう思って理由を尋ねたんです。そうしたら、象と呼ばれる生き物を始末したいと言っていました」

「象を始末するのか」

たしかに白蓮が言う通りの巨軀《きょく》ならば龍でも殺せるような毒薬が必要であるが、軍人がどうして象を殺さなければいけないのだろうか。疑問に思ったことをそのまま伝えると陸晋は答える。

「なんでも中原国には一頭だけ象がいるそうです」

「なんと」

「南蛮から連れてきて戦象として使役していたとおっしゃっていました」

「戦に使っていたのか」

龍のように大きければ戦に使うのも頷けるが、白蓮が説明したような穏やかな生き物ならば戦には向かない気もするのだが。そのように考察していると白蓮は心を読んだかのように言った。

「正解だ。象は戦には向かない」

「やはりそうですか」

「古代、ここではない世界では戦象は一般的な兵科だった。古代地中海世界ではハンニバルと呼ばれる名将がわざわざアフリカから象を取り寄せ、アルプス山脈を越えさせてまで戦に用いている。また象の一大生息地であるインドやタイではどの時代にも戦に使われていた。古代中国ですら実験的に導入していたこともあるくらいだ。しかし、騎馬のように一般化はしなかった」

「どうしてですか？」

「ただのはったりに過ぎないからだよ」

白蓮は断言する。

「象は巨大だ。その大きさを見れば誰もが畏怖する。象を初めて見た敵兵は恐怖に駆られるだろう。しかしどんなに恐ろしいものでもいずれは慣れる」

白蓮はそこで一拍置く。

「はったりが利かなくなった戦象はお荷物だ。餌は大量に消費するわ、移動に時間が掛かるわ、軍の弱点にすらなる」

「優しい生き物だとも言っていましたしね」

「そうだ。象は基本的に優しい生き物だ。敵兵といえども安易には踏み殺さない。戦象を使役するものは象の尻に剣を突き立て、痛みで我を忘れさせ、敵陣に突撃させる」

「ひどい」

「ひどい上に使えば使うほど効果がなくなるのだから、戦象はあっという間に戦史から姿を消したんだよ」

「中原国もその例に倣っているのでしょうか」

「最後の一頭を始末しようとしてるのだから、そうなのだろうな」

「……あまりにも哀れです」

当たり前の感想を口にすると白蓮は「またか」と吐息を漏らした。

「鼠にさえ同情する女だ。そんな話を聞いてしまったらまたいつもの〝病気〟が始まっても仕方ないが、人間だけでなく、象にまで同情するとはな」

「しかし、象とは稀少《きしょう》な生き物なのでしょう？　心優しき生き物なのでしょう？」

「そうだ」

「白蓮殿が幼き頃に夢中になったのです。身体が大きいということは脳も大きいはず。きっと知性も持っているはず」

「そうだ。象の知能は人間の幼児並みだ」

命に軽重はない。一寸の虫にも五分の魂という言葉もある。象のように心優しい獣を人間の都合で殺すなど、香蘭には見過ごすことはできない。

「ならば人間と同じ。わたしは象を救ってあげたい」

「香蘭さんならばそう言うと思っていました」

陸晋は香蘭の企《たくら》みを後押ししてくれる。

「毒薬を求めているということはまだ投与はされていないはず。まだ生きているはず」

「そういう計算になるな」

「軍に掛け合ってどうにかならないか、交渉したいです」

「御自由に」

あっさりと許可したのは突き放しているのではなく、白蓮なりに応援してくれているのだろう。それを証拠に午後の診療の手伝いを免除してくれた。それに象を救う助言めいた提案もくれる。

「ひとつだけ言っておくが、軍だって象を殺したいわけじゃないはずだぞ。ただ、持て余しているだけだ」

「と言いますと？」

「俺の世界のきざったらしい詩人が言った。私にとって女性は象と同じだ。その美しさに価値は見出しても、家には置きたくない、と」

「誰の言葉ですか、それは」

「さてね。俺と同じような価値観の人間だろう。そいつは生涯、独身だったらしい。つまりなにが言いたいのかといえば象を飼うのは人を一人養う以上に大変ということだ」

「それは分かります。ですがそれでも聞いてしまった以上、じっとしてはいられない」

師の助言をありがたく思いつつも香蘭はいても立ってもいられず、宮廷に向かう支度を始めた。

その姿を見て白蓮はこう評す。

「うちはすでに動物を飼っているも同じだな」

「その心は？」

楽しげに問う陸晋に、白蓮は詰まらなそうに整えた。

「猪突猛進《ちょとつもうしん》の娘がいる」

と──。

†

軍事を司る軍務省は散夢宮にはない。

皇帝の住まう散夢宮に軍事の府があると色々とまずいのだ。

建前的には聖なる存在である天子様の側に血で汚れた軍人の施設を置くのはよくないという思想だ。いわゆる〝穢《けが》れ〟というやつであるが、他にも武力を持つ武官が政治の中枢にいるのもよくはない。武器を持った兵士が大勢いると革命《クーデター》を起こされる可能性があるのだ。

皇帝は神聖にして不可侵であるが、その建前が破られてきたからこそ中原国の前にもいくつもの王朝が存在したのである。武力を持つものの扱いは繊細に行わなければならなかった。

というわけで軍務省は散夢宮から少し離れた場所にあった。それでも交通の便が良い場所なのでそれほど困らない。

香蘭は軍務省の立派な門を通り過ぎる。ちなみにこの正門が使われることは滅多にない。皇帝陛下が軍務省にやってくるか、あるいは国難を打ち払った大将軍が皇帝の格別の取り計らいで使用できるだけであった。凱旋門《がいせんもん》などと称される。

平時に使用されるのはその横にある小さな門だった。香蘭はその門を守っている衛兵に「頼もう！」と呼び掛ける。

ちんちくりんな小娘がやってきた、と門番は訝《いぶか》しげに見つめるが、香蘭が一二品の品位を持つ御典医見習いだと知るとすぐさま態度を改めた。

「東宮様の御典医様でしたか。これは失礼をいたしました。東宮様の御使いでございますか？」

「いいえ、今日は私的な用件で来ました」

「私的な用件？」

「はい。軍が飼っている象についてお話が」

「象とは煌煌《こうこう》のことですか？」

「煌煌という名前なのですか？」

「そうです。南蛮から連れてこられた心優しい巨象です。兵士に大人気なのですよ」

「なるほど、やはり心優しい獣なのですね」

「その通りです。先日も飼育場の庭になっていた柿を与えたら、ぱおんと喜んでおりました」

笑みを漏らす門番、やはり象は思った通りの生き物だ。見るものの心まで穏やかにしてくれる。そんな動物を毒殺させるわけにはいかない、と話すと門番も同意してくれた。

「軍が煌煌を持て余しているのは知っています。しかしまあ毒殺するのはあんまりだ」

「なんとかならないか、掛け合いに来たのですが」

「ならば軍事府の法静《ほうせい》様に話をつけるのがよろしいかと」

「おお、たしかに軍務省軍事府の高官ならば話は早い。お取り次ぎ願えますか？」

「さすがにそれは。自分は一介の門番ですから」

「……ですよね。ああ、こんなときに霍星雲様が生きておられたら」

「今、なんとおっしゃいました？」

「え？　霍星雲様と言ったのですが」

「もしかして――貴殿は香蘭様ですか？」

いかにも、というふうに首肯すると、兵士は驚きの色を隠さない。

「あなたが散夢宮の小夜啼鳥でしたか」

そのあだ名は恥ずかしいなあ、と香蘭は赤面するが、門番は興奮気味に続ける。

「俺ごときが頼んでも法静様と会うことは不可能ですが、あなたならば話は別だ。法静様は軍務省の役人の中でも良識派として知られています」

「つまり人格者だった霍星雲様と懇意にされていたということですか」

「そういうことです。上司にあなたの名前を告げれば取り次いでくれるでしょう」

「お取り次ぎ願えますか？」

「もちろん」

兵士は快く引き受けると同僚にその場を任せ、上司に掛け合ってくれた。

ことがことだけにそれなりに時間が掛かったが、兵士は上司と吉報を連れて戻ってくる。

「法静様が面会くださるそうです」

「それは有り難い」

香蘭は深々と拱手礼《きょうしゅれい》をすると共に軍務省の中へ入った。

†

軍務省は軍事を司る役所であるから、その造りは質実剛健であった。

敷地自体は散夢宮の一〇分の一もないが、建物自体は立派で頑丈だ。それに散夢宮よりも建物同士の間隔が広い。おそらく、延焼を避けるためだろう。軍事施設なのだから火災に弱いと話にならない。

そのような理由から散文的な施設に見えてしまうが、構造が単純なので迷わないで済んだ。

兵士の案内で、軍務省軍事府参事官の執務所に到着する。

名は体を表すとはよく言うが、参事官の法静は物静かな人物であった。厳粛な上に厳かで葬儀の委員長を務めているかのように寡黙な人物であった。

ただ公明正大で理知的な人物にも見える。話し合いが通用しそうな人物に見えた。事実、彼は香蘭のような品位の低い女官にも丁重に接してくれた。

いやそれ以上に、父母や恩人に対するかのような温かい態度で接してくれた。

執務席の椅子から立ち上がると、下女同然である香蘭に深々と頭を下げる。

「宮廷医の娘、陽香蘭よ。我が恩人である霍星雲様の魂を救ってくださり、誠にありがとうございます」

「頭をお上げください。わたしはただの宮廷医、それも見習いですよ」

「存じ上げている。だがこれは〝人〟として頭を下げている」

聞けば法静は若かりし頃に霍星雲に多大な恩を受けたらしい。槍《やり》の扱い方や弓馬の扱いはもちろん、それこそ家族同然に親身に恩顧を受けたという。

今の妻と出逢ったのも霍星雲のおかげであり、今、自分を形作っているものは彼から譲り受けたも同然だという。

そんな恩人を命がけで救った香蘭を軽々しく扱うことなどできない、と断言する。

医者として当然のことをしたまでであるが、そのように恩義に感じてもらえて香蘭も嬉しくないわけがない。共に霍星雲の冥福を祈り、彼の人となりを回顧すると本題を切り出した。

「――法静様、ひとつお願いしたい儀があるのですが」

申し訳なさを最大限にあらわしたつもりであるが、法静は途端に眉をひそめた。

香蘭が言いたいことをすでに知っているのだろう。

「戦象のことであるな」

「そうです。煌煌のことです」

「先ほど兵士長から聞いた。しかし、あの象はすでに処分が決まっている」

「なぜです。長年、中原国のために尽くしてきた象だと聞きました。最後の一頭なのでしょう」

「その通りだ。煌煌は十数年前、この中原国に連れてこられた象が産んだ子供の一頭だ。当時は彼の父母も、一族も、軍隊のため、中原国のため八面六臂《はちめんろっぴ》の活躍をしてくれた」

「そんな象をなぜ処分なさるのです」

「もはや戦争では役に立たないからだよ」

法静は静かに言い放つ。その口ぶりは白蓮に少し似ていた。

「北胡の連中も最初は象を恐れた。自分たちの何倍もある象を恐怖した。敵軍の馬たちも象を畏怖し、その姿を見ただけで逃げ帰ったこともある」

しかし、と続ける。

「それも最初だけ。やがて慣れる。煌煌とその一族は本当は心優しき象、敵とはいえ人を蹂躙《じゅうりん》し、踏み潰すことはできない」

「だから殺すのですか？」

「――処分と言ってくれ」

沈痛な面持ちで返答する法静。そこには苦渋の色が見て取れた。本当は処分などしたくはないのだろう。

「煌煌一族はよくやってくれた。その働きは立派だ。彼の一族はほぼすべて戦場で死んだ。最後に残ったのが煌煌だが、彼は一族の中でも一際、心が優しい。我が軍の役には立たない」

「煌煌の一族郎党がもたらした武勲、それと忠義をお忘れですか」

「忘れるものか。だが、煌煌はどれくらいの餌を食べると思う？」

「分かりません」

「一日、五〇貫《187・5キロ》だ」

「五〇貫!?」

香蘭は驚愕する。

「そんなに食べるのですか？」

「ああ、それだけではない。象を飼うのには広大な敷地がいる。あらゆる面で維持費が掛かるのだ。それを他の軍事費に充てたい」

そうでなければ中原国は滅びてしまう、とも続けた。

「象、一頭飼うのに三〇の人員に相当する費用がいるのだよ。煌煌を処分すれば三〇人の兵士の腹を満たせる」

それが煌煌を処分する理由だ、と法静は纏める。

そのような物言いをされてしまえば香蘭は返す言葉がなかった。だがそれでもなんとか煌煌を救う道がないか、模索していると法静はとどめを放った。

「今、東宮様を頼れば、と頭に浮かんだな」

香蘭はびくりと身体を揺らしてしまう。その通りだったからだ。

「無駄だ」

「どうしてそう言えるのです」

香蘭は毅然《きぜん》と尋ねる。

法静は淡々と答える。

「単純な理由だ。それは煌煌処分計画の発案者が東宮様だからだよ」

「…………」

その言葉を聞いた香蘭は絶句するしかなかったが、それでも諦めることはできなかった。

法静の心変わりは期待できないことは熟知していたので、代わりに別の願い事をする。

煌煌に会わせてくれと願い出たのだ。

法静は快く許可をくれる。

「煌煌も最後におまえのような心美しき娘を見ておきたいだろう。自分たちを散々利用した人間の中にも心優しき人間がいると知っておきたいだろう」

法静は自分を卑下するようにそう言うと、煌煌がいる場所へ連れて行ってくれた。

†

象の煌煌は軍務省の一角に居を構えていた。広大な敷地の中にぽつりと一頭だけ寂しそうにたたずんでいた。

ただ、それは遠くから見たときの感想で、近くで見れば小山のような大きさにただただ驚く。

「す、すごい、これが象」

ぽかんと間抜けに口を開け、初めて見る生き物を観察する。

やはり診療所の建物よりも高い。横幅は大人を四人並べたくらいだろうか。これほど大きな生き物が存在することに、香蘭は奇妙な感動と高揚感を覚えた。

「すごいだろう。とても大きい」

法静が握りしめていた林檎《りんご》を鼻の前に差し出すと、煌煌は器用にそれを鼻で摑み、嬉しそうに口に運んだ。

「なんと器用な。それと表情豊かだ」

「そうだろう、そうだろう」

法静は嬉しそうに首肯する。

「象はとても頭のいい動物だ。人の顔も覚えている。私が来ると目を細めるのだ」

本当に嬉しそうに語る法静の瞳からは、先ほどの冷酷さなど一切感じない。やはり彼も煌煌を処分したいわけではないようだ。

「象には知性がある。とても優しい生き物だ。絶対に人を傷つけることはない」

法静は断言する。

「これは南蛮の象使いから聞いた話なのだが、あちらの象使いは象に餌を与えないのだそうな」

「なんと!?　それでは象はどうやって餌を食べるのですか？」

「自分で餌をとってくるらしい。そして腹を満たせば象使いのもとへ戻ってくる」

「それでは象が人間に使役される利益がないではないですか」

「まったくないな。つまり南蛮の象は象使いとの個人的な友誼《ゆうぎ》関係だけでその関係性を保っているんだよ」

「友情、ですね」

「そうだ。この南都ではそこまで餌が豊富ではないので人間が与えるしかないが、南蛮では自由に暮らしている」

「南蛮に帰してやることはできないのでしょうか？」

「それにも多額の金が掛かる」

「………………」

金金金！　ここでも金か。東宮様が軍事費を削ったことに端を発するらしいが、東宮様はなんたる吝嗇《ケチ》なのだろうか。これでは我が師白蓮と一緒ではないか。同類だから仲がいいのか、とひとり憤慨するなか、見計らったように件《くだん》の守銭奴がやってきた。

「白蓮と一緒にされるのは心外だが、私が吝嗇《けち》である事実は変わらないな」

自嘲気味におっしゃられるが、このような悪口を聞いても怒色を見せないのは君主としての度量が優れている証でもあった。

「東宮様」

法静は驚きの声を上げると跪《ひざまず》くが、東宮は「よい」と制する。

「長年、象たちの面倒を見させたおまえに処分まで任せるとは本当に申し訳ないと思っている」

　東宮は頭を下げる。恐れ多いと法静は畏《かしこ》まるが、香蘭は口を挟む。

「聞きましたよ、東宮様、煌煌を処分しようと発案したのはあなたであると」

「隠す気もないが、その通りだ」

「このように功のある象をなぜ」

「金が掛かるからだ」

「象一頭、養えないのでは中原国の鼎《かなえ》の軽重が問われましょう」

「いくらでも問うてくれ。ない袖は振れない」

　東宮はきっぱりと言い切ると、香蘭を見つめる。

「ちょうどいい機会だ。おまえは俺の御典医だったな」

「はい、見習いですが」

「ならばこの象を殺す毒薬を用意してくれ。せめて楽に死なせてやれるように」

　東宮は短く纏めると香蘭に背を向ける。なにかから逃げるようにも見えるのは気のせいだろうか。

　そんな東宮の背に香蘭は言い放つ。

「東宮様、毒は絶対に用意しません」

「じゃあ、おまえは首だ」

振り返ることなく言い放つ東宮。

「首で結構でございます。しかし最後に退職金をください」

「おまえも守銭奴だな」

堪えきれないとばかりに、東宮は噴きだした。

「あなた様の御典医にして白蓮殿の弟子ですから」

「退職金はなにがほしい？」

「時間です。それと煌煌の命」

「だから金がないと言っているだろう」

「違います。金はわたしが稼ぎます」

「また借金でもするのか」

陽家の財政事情はまだ耐えられそうであったが、香蘭は自己犠牲によってこの件を解決する気はなかった。誰もが納得する形で解決したかったのだ。だから首をゆっくり横に振ると自分の中に生まれた案を開陳する。

「それでは根本的な解決にはなりません。だからわたしは動物園を造ろうと思っていま
す」

「動物園？　なんだ？　それは？」

「動物を集めた公園のことでございます」

「ほう」

「猿、犬、雉《きじ》、猫、馬、鰐《わに》、様々な動物を一箇所に集め、見世物小屋を造ります。その中の目玉が象の煌煌です」

「余計に金が掛かるではないか」

「見世物小屋に来たものは金を払います。動物園に来たものからも金を徴収します」

「ふむ、なるほどな」

女性的な己の顎に手を添え考え込む東宮。先ほどまでの取り付く島がなかった空気が一変した。

「入園料だけではなく、動物園内に飲食店や売店を開けば儲かりそうだな」

「我が師が思いつきそうな案です」

「やつの思考回路を真似しただけさ。たしかにその方法ならば煌煌を養えるかもしれない」

「ですよね！」

「ただ、動物園とやらを造るのには莫大《ばくだい》な金がいる。私ひとりの一存では決められない」

「では朝議に掛けてくださいますか」

「それは可能だが、今、政局的に不安定でな。そのようなところで発言力は使えない」

「ああ、もう、ああ言えばこう言う」

地団駄を踏む香蘭。それをおかしげに見つめる東宮。東宮はひとしきり笑うと、その代わりに、とこのような約束をした。

「朝議には掛けてやる。ただし可否は皇帝が決める」

「陛下が⁉」

「親父がいいと言えば私の政敵どもも納得するだろう」

「たしかに」

「おまえには皇帝に上奏する機会を与えてやろう」

「わたしが陛下の御前に——」

「四度目だろう。もう緊張はしまい」

「しかし二度も舞を披露しております。同じ手が利くでしょうか」

「さてな、そこまでは責任は持てないよ。ただ、おまえの師匠ならばいい案を与えてくれるのではないかね」

「いい案……」

白蓮の世界ではアイデアと言うらしいが、たしかに彼ならば妙案を授けてくれそうな気がした。そう思った香蘭は東宮と法静に一礼すると軍事府に背を向けた。猪《いのしし》のような勢いで走っていく。

「あの娘自身がいい見世物になりそうだ」

白蓮と似たような感想を言うが、法静もなにか言いたいようだった。東宮はそれを許す。

「東宮様の御典医殿はとても面白い娘ですな」

「そうだな、今、一番の俺の趣味だな。見ているだけで飽きない」

「東宮様も本当は煌煌を殺したくはないのでしょう」

「…………」

沈黙する。

「東宮様がお子様の頃、それはそれは動物を大事にしていたところを見たことがあります」

「昔のことだ」

「そのときのお気持ちは今でも残っておられるはず」

「さてね」

「私はきっとあの娘の上奏が成功すると思っています」

「ほう、おまえはそう思うのか」

「はい。もしも失敗したら私は潔く官位を捨て、下野いたします」

「それは困る。良識ある官僚には去ってもらいたくない」

るのですが」

「絶対に成功するから言っているだけですよ。――それでもしも成功したらお願いがあるのですが」

「退職の表明の次は賭け事か。まあよい好きにしろ。言うだけならばタダだ」

「ならば遠慮なく。あの娘の上奏が成功したときにお願いさせていただきます」

法静はそう言い切ると、豆粒のように小さくなった香蘭の背を見つめた。

東宮は小さな吐息を漏らしながら同じように視線をやった。

†

白蓮診療所に戻った香蘭は白蓮のもとに駆け寄った。

「白蓮殿、白蓮殿」

白蓮は迷惑そうに顔を歪める。

「おまえは本当にきんきんと五月蠅《うるさ》い声をしているな」

「すみません。地声なのです」

いつかも似たようなやりとりをしたことを思い出す。

「それでなんの無茶用だ」

「やはり分かりますか」

「分からないでか。冬至祭《クリスマス》前の子供よりそわそわしている」

「よく分からない例えです」

「人参《にんじん》を前にした馬そのものということさ。それでどんな悪知恵を思いついた？」

「悪知恵は白蓮殿の領分です。わたしは叡智を授かりにきました」

香蘭はそう前置きをすると先ほどの経緯を説明した。

それを聞いた白蓮は珍しく、表情を豊かにさせ、

「動物園か。おまえにしては悪くないアイデアだ」

と香蘭を褒め称えた。

「事前に動物園の存在を師が教えていてくれたからですよ」

「軽く触れただけだがな。たしかにこの南都くらいの規模の街ならば動物園は成立するな」

「見世物小屋が成り立つくらいですからね」

陸晋が嬉しそうにお茶を持ってやってくる。白蓮はそれをすすりながら同意する。

「中原国の文化力を高められるうえ、象も救えるではないか。すぐにやればいい」

「わたしもそう思ったのですが、資金が必要でして」

白蓮は、びた一文出さないという顔をする。香蘭としてもこの守銭奴に投資してもらおうなどとは夢にも思っていない。

「ですから国家予算で造ってもらおうと思っています。皇帝陛下に上奏するのです」

「なるほど、それでおまえがプレゼンテーションするのか」

「ぷれぜん？」

「偉い人の前で計画を説明することをプレゼンと言う」

「そうです。陛下の前で上奏しなければいけないのです。それで知恵をお貸し願いたい」

「得意の踊りで虜《とりこ》にすればいいではないか、と言いたいところだが、さすがに三度も同じ手は通用しまい。それに毎回、歌舞で感動させてばかりでは芸がない」

「はい。わたしもそう思います。だから叡智を拝借したく」

「なるほどな。しかしまあ、ここはあまり小細工をしないでいいのではないか？」

「と言いますと？」

「百聞は一見にしかず、ということさ」

「と申しますと？」

「そのままの意味だよ。俺が象の話をしたとき、おまえはどう思った？」

「奇怪な生き物だと思いました。海のものやら山のものやら分からぬ奇妙な動物に思えました。麒麟《きりん》や鳳凰《ほうおう》のような感じでしょうか」

「それで実際に見たときは？」

「言葉以上の驚きを受けました。あのように大きく、賢く、可愛らしい動物がいるなんて」

煌煌の巨大さ、雄大さ、匂いまで思い出せるほど鮮明な記憶が香蘭の脳を駆け巡る。

「それが答えだよ」

「あ！　そういうことか」

香蘭は気が付く。現皇帝は風流人として知られている。東宮と違って戦象を見たことがないのかもしれない。

「上奏のとき、煌煌を皇帝陛下に見せてしまえばいいのですね」

「そういうことだ」

「まさしく百聞は一見にしかず。さすがは元中原国一の軍師様」

その褒め言葉に気を良くしたのか、白蓮はアイデアの大本を話してくれる。

「俺の世界の江戸時代という時代、広南従四位白象《こうなんじゅしいはくぞう》という象がいた。その象は時の将軍が見たいがためだけに呼び寄せたのだが、道中、京都の天子様も見たいとなってな」

「ふむふむ」

「しかし天子様ともあろうお方に、無位無冠の畜生を会わせるわけにはいかない。だから朝廷はその象に官位を与えたのだ」

「動物に官位をですか？」

「そう珍しい話ではない。タイという国には犬の空軍大将もいるくらいさ」

香蘭はぽかんと大口を開ける。

「権力者のお遊びと建前だな。江戸時代、医師や碁打ちなどは建前上、僧侶として呼ばれていたことがある。一番有名な碁打ちは、本因坊秀策《ほんいんぼうしゅうさく》という名前の農民かな」

「どうしてですか？」

「将軍様や殿様に謁見するためだよ。僧侶は俗世の身分とは関係ないという建前から権力者と対等に話すことが許されていたんだ」

「なるほど。あ、その象が官位を得たのも」

「そうだ。天子に拝謁するための建前だな」

「今回もその例に倣って煌煌に官位を与えてもらうのですね」

「そうだ。そうすれば建前上、その象は殿上人、恐れ多くも天子様から官位を貰った畜生様を毒殺しようなんて輩はいなくなるさ」

「さらに付け加えれば官位を持った象や動物がいれば人々がそれを見たさに集まる」

「分かっているじゃないか。興行にははったりが大事なのさ」

白蓮はそのように言い切ると、香蘭に背を向ける。自分の役目はここまでと言うかのように。香蘭は師の策を有り難く受け取る。白蓮に深々と頭を下げながら拱手礼をすると、煌煌に官位を与えるために奔走する。

白蓮の言葉によればまずは煌煌を仏門に帰依させるのが一番手っ取り早いだろう。さすれば皇帝陛下の前にお出しできる。

そう思った香蘭だが、お坊様の知り合いがひとりもいないことに気が付く。

「政治家、軍人、医者、商人、町人、知り合いはあまたいるが、お坊様とはとんとご縁がないぞ」

それはそうか。お坊様は常に寺院で修行をしている。街中にやってくることは少ない。さらに言えば彼らは皆、健康体だった。不摂生を厭う質素な生活をしているから生活習慣病とは無縁であったし、酒も飲まなければ自堕落とは無縁なので健康体そのものであった。白蓮いわく、この世で一番長生きなのは、「退役軍人」と「僧侶」だそうで。前者は健康な身体、後者は健康な精神を持っているがゆえに病とは無縁なのだそうな。

中には生臭い坊主もいるだろうが、そういう手合いから教えを受けても煌煌の徳が上がることはない。ある程度高名で皇帝の信任が厚いものから、僧侶の名前である法名を授けてもらわなければ意味はない。

頭をひねっていると知恵を貸してくれるものが現れた。香蘭の先輩医師である。白蓮診療所の近くで無料で医療を施す有徳の医師、夏侯門が助け船を出してくれた。彼は香蘭を夏侯門診療所に呼び出すと、紹介状をしたためてくれた。

紹介先は、南都でも有数の大寺院の門主、玄海《げんかい》である。

「夏侯門様、いつもご助力感謝いたします」

「なあに、気にする必要はない。玄海殿とは旧知の仲ゆえ、紹介したまでだ。しかし、わしにできるのはそこまで。玄海殿を説得するのはおまえの役目だ」

「なんとかしてみせますとも」

改めて闘志を漲《みなぎ》らせると、そのまま玄海がいる寺院の山門に向かおうとするが、夏侯門は白蓮とはまた異なる、面と向き合っての助言をくれる。

「玄海殿は雲のようにつかみ所のないお方だ。俗世にも興味はない。しかし〝まごころ〟は通じるお方、おまえならばなんの心配もいらないだろうが」

「皆、わたしの人徳を買いかぶりすぎですが、今回もなんとか成功させてみせます」

「そうだな。ひとりの命を救うものはやがて一〇〇万の命を救うという」

「どういう意味でしょうか？」

「昔、何百人も人を殺した盗賊がいたそうな」

「悪ですね」

「そうだ。しかし純粋な悪ではない」

「…………」

「どのようなものも生まれつき悪人ではない。その盗賊も生まれ育った環境ゆえに悪に染まったのだ」

「……朱に交われば赤くなる」

「ああ、だが悪は必ず報いを受ける。その盗賊はある日、部下に裏切られ、背中を刺された。即座に部下を斬り返したが、盗賊は半死半生のまま山中をさまよった。そこでひとりの聖者と出会う」

「聖者……」

「盗賊は言った。俺は地獄に落ちるのか？　と。聖者は『ああ』と答えた。盗賊は当然だとうなだれたが、聖者は地獄には落ちるが、生まれ変わることはできると言った」

「輪廻転生《りんねてんしょう》のことでしょうか？」

「違う。死の瞬間、その僅かの間のことだ。その間だけでも〝善〟になれると説いたのだ。聖者は言った。おまえは自分のことを何百人もの人間を殺した悪だと言ったが、ひとりくらい命を助けたものはいないのか、と尋ねた。盗賊は昔、気まぐれでひとりだけ赤子を見逃したことがあると言った」

「――たったひとりだけ」

「されどひとりだ。聖者は言った。おまえが何百人もの人間を殺した業は地獄の釜で何度茹《ゆ》でられてもあがなえない。しかし、おまえがたったひとり救った命は、やがて子を生《な》すだろう。その子もまた子を生し、その子がさらに子を生す」

「たったひとりの命が一〇〇万になるわけですね。それに気が付いたとき、悪は僅かな間、死の間際だけでも善になれた、と」

「そういうことだ。その真理にさえ気が付いていれば玄海殿とて協力してくれよう」

夏侯門はそのように纏めると香蘭の背を押し、寺院に送り出してくれた。

†

香蘭は急いで寺院に向かったが、門前で取り次ぎを頼むととても嫌な顔をされた。寺院は女人禁制だったからだ。一二品官でなければ塩をまかれて追い出されたことだろう。しかしそれでも粘り強く玄海との面会を求めると許可をされた。やっと会えると安堵《あんど》のため息をついていると、僧侶のひとりがやってきて申し訳ないという顔をする。

「玄海様は今、修行のため、南都郊外にある庵《いおり》にこもっていらっしゃいます」

「なんと、ではその場所を教えて頂けますか」

「構いませんが……」

歯切れが悪いのは教えても会える可能性が低いからだった。修行に熱中している玄海様はたとえ皇帝に呼ばれても無視をするのだそうな。

想像以上の難物であるが、それでも居場所を聞き出すと、香蘭はその庵に向かった。

玄海の庵は南都郊外の竹林の中にあった。掘っ立て小屋に毛が生えたような庵であったが、本当にそこに住んでいるのだろうか。疑問に思って扉を叩くが、そこにいたのは箒《ほうき》を持った小坊主だった。彼は申し訳なさそうに「玄海様はお昼寝をされています」と言った。修行ではなく、お昼寝か！　と憤慨することはなかった。皇帝だろうが、聖者だろうが、眠いときは寝るだろうと思った香蘭は、後日、またやってくると言った。

翌日、香蘭は昨日より早めの時間に到着し、取り次ぎを請うが、小坊主は「今は修行で忙しい」と言った。なんでも裏の滝で荒行をされているとか。それは邪魔をしたら悪いと思った香蘭は、その日もあっさりと引き下がった。

白蓮診療所に戻り、一部始終を話すと、白蓮は「かっか」と笑った。

「それではまるで三顧の礼だな」

「三顧の礼？」

「昔、諸葛孔明《しょかつこうめい》という優れた軍師がいた。劉備《りゅうび》という君主は彼を迎え入れるため、三度も足を運んで礼を尽くしたそうな」

「なるほど。寺院の件も含めればすでに三回足を運んでいます。無論、お目にかかれるまで四回でも五回でも足を運びますが」

「その諦めの悪さがおまえのいいところだ。頑張れ」

ようやくたいもない声援を貰うと、香蘭は四度目の正直を求めて玄海の庵へ向かうが、今度は変化があった。今日もなにかしらの理由をつけて面会を断られるかと思ったのだが、小僧は「玄海様がお会いしたいと申しております」と言った。「三顧の礼」「こけの一念、岩をも通す」と小躍りするほどに喜ぶ香蘭であったが、途中でこのような言葉を貰う。

「お会いされるそうですが、その前にひとつだけお願いがあるのです。聞いて頂けますか？」

「構いませんとも」

もしも白蓮がこの場にいればせめてお願いの内容を聞いてから引き受けろと小言を言うだろうが、幸いなことにこの場に彼はいなかった。

「玄海様は夕餉《ゆうげ》に竹の子ご飯を食べたいと申しておりまして……」

小僧は竹林に生えている竹の子を採ってきてほしいとねだる。

「分かりました」

竹林に向かいそこで竹の子を探す。季節外れなのでなかなか見つからないが、ようやく一本だけ見つけると、香蘭はそれを引っこ抜こうとする。――しかし、途中でその動作が止まる。竹の子を物欲しそうに見つめる二匹の動物と目が合ってしまったのだ。痩せこけた鹿の親子は何日も餌にありついていないといった表情をしていた。

「……そんな物欲しそうな目で見ないでくれ」

思わずつぶやいてしまうが、そんな鹿の親子を見て竹の子を持ち去ることなどできるわけがない。香蘭は竹の子を彼らに譲ると、小僧には竹の子は採れなかったと正直に話した。その際、言い訳の類は一切しなかった。小僧は残念そうに「そうですか。では玄海様のところへ案内します」と言った。思わず「どうして？」と問うてしまう。

「単純なことですよ。玄海は常に間近であなたを見ていました。あなたは心優しい人だ」

「しかし、玄海様は常に庵に籠もっておられたではありませんか。――は、もしや千里眼の持ち主なのでしょうか⁉」

「まさか、玄海にそのような力はありません。彼は普通の人間ですよ。あなた方と変わらない」

「ならばなぜわたしの人となりを」

「簡単です。このまなこでしかと見たからですよ」

「え……、ということはもしかしてあなたが？」

「我が宗派では輪廻転生が信じられています。僕は五六七代目の玄海として寺院で育てられました」

「なんと」

「我が宗派では先代の玄海が死ぬと、僧侶たちが中原国中を巡って生まれ変わった玄海を探します。それで見つけられたのが僕です」

白蓮の世界で言うダライ・ラマと同じような存在のようだ。徳の高いものは何度も輪廻転生を繰り返し、そのたびに宗教的指導者になるという思想である。

「あなた様が玄海様なのですね。そんな有り難くも偉い方だったなんて」

思わず平伏してしまいそうになるが、玄海少年は笑ってやめるように諭す。

「周りが僕を玄海だ、と言い張っているだけですよ。幼い頃からおだてられて育ってしまったものだから、時折、こうやってひとりになって修行に励むのです」

「ご修行中、訪ねてしまってすみません。しかし、お願いがあるのです」

「分かっています。なんなりと願い出てください」

「即答ですね。内容も聞かないのですか？」

「あなたが無体な願いをするとは思えませんから」

そう笑いながら、自分にできることならばなんでもする、と申し出てくる。

有り難いことであったので、象に僧籍を授け、僧としての名前を与えてほしい旨を願い出る。

玄海少年はきょとんとしたが、「そんなことでよろしければ」と仏のような顔で象に名前を与え、僧侶として迎え入れてくれた。

「有り難いです」

「象に名前を与える日が来るとは思っていませんでした。詳しくお聞きしたいところですが、今は急いでいるのでしょう」

「はい。次の朝議には間に合わせたいのです」

「では子細はいずれ。今度は寺院にでも遊びに来てください」

玄海少年はそのように結び、香蘭を送り出してくれた。香蘭は深々と頭を下げ、煌煌に授けて貰った僧名――「雨林《うりん》」とつぶやきながら南都に戻った。

煌煌は南蛮から来た象。南蛮には常に雨が降っている林があるそうな。熱帯雨林という。そこから取った法名だと説明された。生涯、飢えることのないようにという願いも込められているそうな。

さすがは五六七代目の玄海様、とにもかくにも有り難い名前であった。香蘭は雨林という法名をひっさげ、堂々と後宮に入るとそこで皇帝陛下に拝謁を願い出た。上奏の議はそれから二週間ほどあとになった。

†

香蘭の母親は白蓮の世界で言えばミーハーでお節介焼きである。娘を着せ替え人形にするのがなによりも楽しみな人物であった。そのような人物が皇帝への上奏という大事を見逃すわけがない。この二週間、あの着物がいいんじゃないかしら、あの帯を買おうかしら、となにかと摑まり香蘭はため息が漏れ出る。

「母上が皇帝陛下に上奏するわけではないのですから」

「なにを言うの。だからこそ張り切るのよ」

みすぼらしい格好で上奏させては陽家の名折れ、という彼女の論法であるが、正論ではあるので従う。ぶっちゃけ、抵抗するよりも時間を割いて着せ替え人形になるほうが手間が掛からない。

新しい帯を買う金子などあるのかと気にしていると、

「こら、香蘭、俺の弟子ならばそんなせせこましい考えをするな」

という声が飛んできた。

香蘭の師匠の白蓮ではなく、姉の春麗《しゅんれい》だった。彼女は白蓮の口調を真似ながらおかしそうに言った。

「姉上、白蓮殿の物真似が上手いですね」

「個性的なお方ですからね」

「たしかに」

くすりと笑う。

「それに我が妹は考えていることが表情に出やすい」

「おっと、いやいや着せ替えさせられているのがばればれでしたか」

「水浴びを嫌がる猫のような表情をしていたわよ」

「以後、気をつけます」

香蘭がてへっと舌を出すと、姉は陽光のような笑みを見せた。

「それにしても香蘭と陛下は縁が深いのね。三度目の拝謁かしら」

「医道科挙の際の拝謁も入れれば四度目ですね」

「もう顔も覚えて頂いているわね」

「かもしれないですね」

姉妹で笑い合っていると、香蘭の帯を締めていた母親が「よし」と言い放つ。ぎゅうっと締められた帯で息苦しくなるが、これくらいきゅうっと締めたほうが凹凸がついていいのだそうな。

「我が娘ながら貧弱な身体つきだね」

そう母親は纏めた。最近皆にそう言われる。たしかに香蘭の母親はどちらかと言えばふくよかだった。姉の春麗も女性的な起伏に富んでおり、しなもあるので艶《なま》めかしい。まったく、同じものを食べていてもこの差だからなあ。食べる量も関係するのだろうが、体質もあるのだろう。

親子姉妹なのにこれほど違うのは、誰ひとり血が繋がっていないからであるが、そのことを気にするものはいない。この三人は血の繋がりだけがすべてではないことを知っているからだ。共に過ごして心穏やかになるものを家族と呼ぶことを知っていた。

このような時間をなによりも貴重だと知っている三人は、延々と着せ替え人形を楽しみながら、上奏の日が訪れるのを待った。

†

皇帝陛下に上奏をする日、陽家の門前にとてつもなく立派な馬車がやってきた。一門総出でその馬車を迎え出る。皇帝陛下の格別のお計らいである馬車に乗り込むと、散夢宮に向かう。

豪華な馬車から見る景色はいつもと違って見えた。庶民たちはなにごとか、ときらびやかな馬車に見入っている。おめかしをしていることもあり、貴妃様になった気分になるが、香蘭の目的は一頭の哀れな象を救うこと、決して浮かれることはなかった。

それを証拠に、皇帝陛下の前に出ると、深くひざまずき、上奏を許可して頂いた礼を述べる。略式の礼ではなく、着物が汚れるほど地に身体をこすりつけた。皇帝陛下への敬意を表したわけであるが、昨今、この形式の礼を行うものは減っていたので奇異な目で見られた。

皇帝の侍従や近臣たちは、その姿を見て「媚《こ》びを売る娘」と思ったことだろうが、香蘭は気にしなかった。事実、媚びを売っているのだから。香蘭はこれから皇帝陛下に頭を下げ、煌煌こと雨林に品位を授けて貰おうとしているのである。さらに言えば動物園を造る資金も下賜してくださるように願い出るのだ。媚びでも自尊心でも売れるものは売っておかなければ。

そのように思いながら深々と下げていた頭《こうべ》を上げると、皇帝陛下は開口一番に言った。

「そちの顔には覚えがある――」

と。

姉の予想通り、皇帝陛下は香蘭の顔を覚えていてくれたようだ。有り難いことだ、と心の中で喜びを噛みしめながらひとつひとつの出逢いを思い出す。

「最初の出逢いは東宮様主催の御花見の席でございました」

「そうだった。おまえは見事な舞を見せ、朕を虜にした」

「お目汚しを」

「二度目も歌舞の席だったな。あのときの早着替えの妙技、面白かったぞ」

「有り難き幸せ」

「三度目は医道科挙のときであったな。おまえは美しいだけでなく、理知的な娘なのだな――正式な医者にはなれたのか？」

「いえ、結局、医道科挙には不合格でございました」

「であるか。それで今日は何用だ？　おまえのような娘が医者の免状欲しさに上奏をしにきたとも思えないが」

「医道科挙には自力で合格いたします。そうでなくては父祖に顔向けできませんから」

「誇り高い娘よの」

「今日、お願いに上がったのは、一頭の生き物の命を救っていただきたいからでございます」

そのように言い切ると、後方に控えさせていた象使いに視線を送る。香蘭はそのまま後ずさりし、着物が汚れるのを厭うことなく、御簾《みす》で隠していた象を自ら連れてくる。見上げんばかりの巨体に、侍従や近臣たちは声を上げた。

「な、なんだ、この巨大な生き物は」

「で、でかすぎる」

「なんと珍妙な」

驚きが伝播《でんぱ》し終《お》わると、彼らは生き物の危険性に目を向ける。

「このような生き物を陛下に近づけるとは！」

そう香蘭を責め立てるが、香蘭は言葉ではなく、行動で象が心優しき獣であることの証明を試みた。

子猫を入れた籠をみっつ用意する。そして西瓜《すいか》を入れた籠もみっつ。それらを地面に置くと煌煌を歩かせる。煌煌は西瓜を入れた籠だけ踏み潰すと、それを美味《おい》しそうに食べた。煌煌は猫の入った籠を踏むことは絶対なかった。

その姿を見て皇帝は「なんと賢き生き物よ」と驚嘆している。皇帝がそのように言うのならば近習《きんじゅ》たちもそれ以上、文句を言うことはなかった。この国では皇帝の意志がなによりも尊重されるのだ。

ただ、近習たちの中には無駄に自尊心が高いものもいて、小娘に安易に丸め込まれることはない。危険性がないことは承服したが、今度は畜生である煌煌を皇帝の前に連れてくるのは不敬である、穢れであると主張した。想定内であった香蘭は、この象は「僧」であると説き伏せた。

「この象は有り難くも五六七代目玄海様から法名を受けた僧侶にございます。仏門に帰依したもの。つまり俗世の身分は関係ございません」

正論中の正論に近習たちはぐうの音も出ないようだ。それを見た皇帝はなお面白きとばかりに笑い声を上げる。

「この娘の言うことは一本筋が通っている。近習たちよ、気にするな。今日は無礼講だ」

そのように言い放つと、玉座から立ち上がり、御自分から煌煌に近づいた。

恐る恐るであるが、煌煌の肌に触れる。

「なんと分厚い。それに存外、ぬくいな」

「はい。生きている証拠です」

「面白き生き物だ。それでいて賢い。目に知性を感じる」

「象は仲間を絶対に傷つけぬ生き物です」

「人間とは正反対だな」

「左様でございます」

「おまえはこれを朕に見せたかったのか？」

「はい。象が心優しき獣であること。この煌煌が中原国最後の象の生き残りであることをお伝えしたかったのでございます」

「……なるほど」

「この象は中原国のために命がけで戦いました。彼の父母もです。一族はすべて戦場で果てました」

「忠烈なる生き物だ」

「しかし、象は飼育をするのに金が掛かる生き物。処分しようと画策しているものもおられます」

その言葉を聞いて皇帝は東宮に視線をやるが、彼は眉ひとつ動かさなかった。改めて彼が〝政治家〟であることを香蘭は知る。

「このような巨軀ではたしかに餌代が掛かるだろう」

「しかしわたしに秘策がございます。この南都に動物園を造るのです」

「動物園？」

「はい。珍しき動物を集め、見世物を催すのです。そのとき、見物料を徴収します」

「その金で象を養うのか」

「左様でございます」

「商人の発想だな」

「下賤《げせん》な発想でございましょうか？」

「いや、知恵あるものの発想だ。叡智ある考えだと思う」

皇帝はそう断言すると、名残惜しげに象の鼻を離し、

「好きにしろ。動物園なるものの資金も出してやろう」

とお言葉をくださった。

香蘭はさらに厚かましくお願いをする。

「陛下、それだけでなく、このものに官位を頂けませんでしょうか？」

「ほう。どのような理由で？」

「陛下が官位をくだされればこのものは畜生ではなくなります。それが叶《かな》いましたら、恐れ多くも毒殺をしようというものなどいなくなりましょう」

「なるほど、たしかに」

「それに――畜生に官位を与えるのもなかなかに面白きことだと思います」

図々《ずうずう》しい賭けだった。だが、皇帝はあっさりと承知し、

「この煌煌なる象に、五品官の位を与えよう。宮廷に自由に出入りできるようになる位を与える」

と宣言した。

本当ですか、と問うことはない。皇帝がやると言ったからには近習たちは反対することはないからだ。皇帝は万民の上に立つ雲の上の存在、ことさら尋ね返すのは不敬中の不敬であった。香蘭は深々と頭を下げ、

「有り難き幸せに存じます」

と言うだけでよかった。

近習たちは苦々しくそれを見つめる――ことはない。彼らにとって象一頭の処遇などはなからどうでもいいことであったのだ。むしろ、政敵である東宮とは正反対の意見が通ったことを喜ぶものさえいた。香蘭が東宮の御典医であることを知っているものは
「仲間割れだ」と囁いた。

香蘭は軽く東宮の顔を見つめるが、彼はいつもと同じように無表情に立ち去っていくだけであった。

このようにして南都で初めての動物園建設の許可が下りる。

動物園の目玉はもちろん、煌煌。五品官、殿上人の品位を授かった世にも珍しき象だ。

さらに香蘭はあらゆるつてを使って動物を集める。

雉、虎、犬、猫、鰐、鹿、南都周辺に生息する動物をかき集めると、それらを見世物とした。

香蘭が発案し、白蓮が設計した動物園はいたく評判で、動物園の入場券は売れに売れまくった。三年先の券まで売れ、それに何倍もの値段がついたときには、驚きを禁じ得なかった。

「転売屋まで出るとは盛況な証拠だ」

「その〝転売〟に白蓮殿が関わっているという噂もありますが」

「さてな」

にやりと微笑む白蓮であるが、深く突っ込む必要性はないだろう。香蘭としてはすでに三年間は動物たちを養える額を得られてほくほくであった。

「それにしてもおまえが発案した兎触れ合い茶屋、案外、好評だな」

「女子供に大受けです」

兎触れ合い茶屋とは動物園の一角に設置した茶屋で、兎と直《じか》に触れ合えることを売りにしている。兎など触れたことがない南都の貴族や商人たちの子供はこぞって抱きたがった。

「俺にはただの毛玉にしか見えないがね」

白蓮はそのように纏めるが、売店に兎のぬいぐるみを置くことにしたようだ。この抜け目のなさがやり手商人そのものである。


このように連日、人出が絶えない人気の観光地になった動物園であるが、ある日そこに、黒髪の美丈夫が視察に来た。

彼は一国の皇太子であるが、偉ぶることはなく、入場券を正規の手段で買い求め、動物園内でも列を乱すことはなかった。

身分を隠しての視察であったから、当然と言えば当然だが、生来、特権を嫌う高潔さがあるのは言うまでもなかった。

東宮は一通り園内を見て回ると、一番、人気のない「犬」の檻《おり》の前で足を止めた。

中原国で犬は最もありふれた動物のひとつであった。貴族はもちろん、庶民たちは誰も足を止めない。皆、一瞥《いちべつ》をくれただけで立ち去っていった。

しかし、東宮だけは犬の檻をいつまでも眺めていた。

そんな東宮に後ろから声を掛けたのは、軍務省軍事府参事官の法静であった。

彼はしばし東宮と一緒に犬を眺めると唐突に言った。

「──あの娘は頑張りましたな」

「ああ、それが取り柄だからな。おまえは最初から成功を信じていたようだが」

「東宮様もでございましょう」

「さてな」

東宮はそのように言い放つと、犬をじっと見つめる。

「この犬は誰かに似ているな。──そうだ。私の典医にそっくりなのだ」

「確かに似ておりますな。目が潤んでいるところなどはそっくりです」

「忙しなく動き回るところもそっくりだ」

こくり、と同意する法静は思い出したかのように言葉を告げる。

「そういえば私は東宮様と賭けをしていましたね」

「っち、覚えていたか。──まあいい。なんでも所望しろ」

「それでは僭越《せんえつ》ながら。目の前の犬に名前を付けてくださいませ」

「犬畜生に名前だと？」

「そのほうが市民たちは犬に親しみを覚えるのだそうです。それに犬畜生でも名前は必要でしょう」

「道理だな。しかしなんでまた」

「実は動物園の責任者は私でして。目玉を増やしたいのです。東宮様がお名前をくださった犬となれば、誰もが足を止めましょう」

「そういうものか」

東宮は興味なさげに振る舞うが、しばし熟考すると、口を開いた。

「――そうだな。大司空《だいしくう》がいい。大司空と名付けよ」

「大司空ですか？」

「そうだ。いい名であろう」

そのように言い放つと、東宮は大司空に背を向けた。その後、法静の言ったとおり大司空は東宮に名付けられた珍妙な犬として人気者になる。

ただ、その名前に込められた意味と意義を見出すものはごく僅かだった。

大司空が、大司馬、大司徒《だいしと》と連なる官名であることは知っていても、かつて東宮が愛した犬に似ていることを知るものはほとんどいなかった。

十三章　夜王

香蘭の勤め先にして修業の場である白蓮診療所は、南都の細民窟《さいみんくつ》にある。細民窟とは困窮している人々が集まっている場所という意味の言葉であるが、平たく言えば貧民街のことだ。

師の白蓮いわく、

「貧乏人たちが肩を寄せ合って暮らす不衛生な場所」

とのことであった。

酷い言いようではあるが、住んでいる人々もそのように認識しているので反論することはない。事実、貧民街に住んでいる人々は金がない。家に金をかけることができないのでどの家もみすぼらしい。狭い敷地にぎゅうぎゅう詰めに家を建てるものだから、日差しさえ当たらない家がある。それらの家は昼間だというのに太陽を拝めず、陰気な生活を強いられる。

しかし、だからといってそこに住んでいる人々が陰気かと言えばそうではない。

貧民街に暮らす人々は夢や希望に溢れているとは言いがたいが、たくましく活気があった。貧乏暇なしの格言を地で行くように忙しなく働き、そこには密接な人間関係があった。

敷地が狭いものだから濃密な人間関係を築くしかなくなるのだ。隣近所の家族構成から、屁をこいた回数まで知っているのは当然で、洗濯物を干しているときに雨が降れば、隣家に勝手に上がり込んで取り込むこともよくある光景だった。

女房の産後の肥立ちが悪ければ、隣の家の女房が赤子に乳を与え、近所の家の子供が悪さをすれば、赤の他人の親父が雷神が如《ごと》く怒るのも日常茶飯事だ。

南都のあらゆる場所の中で一番、喧騒《けんそう》と活気に溢れているのが、貧民街という場所であった。人間の喜怒哀楽が溢れている街と言い換えてもいいだろう。

いわゆる官民街に住んでいるいいところのお嬢さんである香蘭にとってはここで繰り広げられる悲喜《ひき》交々《こもごも》の人間模様は興味深いものがある。ゆえに時折、時間があるときなどは貧民街を散策していた。

今日も僅かな空き時間を活用し、散歩をすると宣言する。

それを聞いても雇用主の白蓮が怒ることはない。

「俺は奴婢《ぬひ》商人でもなければブラック企業の社長でもない。部下の息抜きにいちいち干渉しない」

とのことであった。

ただ、香蘭をトラブルメーカーと見なしているようで、「余計なことに首を突っ込むなよ」と釘を刺すが。それは事実であったので反論するような真似はせず、いつものように「小一時間」で戻ってきます、と言い残して診療所をあとにした。

その背中を見て白蓮は「やれやれ」と頬杖《ほおづえ》を突いて呆れた。

「あいつの人間好きは相当なものだな」

普通、人というものは人間の本質を知れば知るほど嫌いになる。しかし、あの娘は逆で、人間の負の側面を見てもそれが多面的な部分のひとつでしかないと割り切ることができるのだ。人間の負の部分よりも正の部分に美しさを見出せる稀有《けう》な娘で、師匠のように人間に絶望し、厭世家《えんせいか》になるようなこともなかった。

「まったく、あのまっすぐな性格はどこで得たのだろうか」

御両親の教育が良かったのは間違いないだろうが、あの性格だ。貧民街のやさぐれた家に生まれてもあのままのような気もする。

「遺伝子がすべてを決すると考えるのは好きではないが」

香蘭の本当の両親もさぞお人好《ひとよ》しな性格なのだろうと想像した。

やくたいもないことを考えていると、買い物籠を持った陸晋が戻ってきた。市場に買い出しに行っていたようだ。目ざとい少年は香蘭がいないことに気が付く。

「あれ、香蘭さんはお出かけですか？」

「いつもの散歩だよ」

「ああ、そうでしたか」

せっかく美味しい月餅を買ってきたのに、と残念がる少年。脳が糖分を欲しがっていた白蓮は早速、渋い茶と共にそれを所望した。「香蘭さんの分まで食べないでくださいね」と陸晋は釘を刺すが、月餅の代金を払っているのは白蓮である。そんな義理はない。

むしゃむしゃと月餅を頬張っていると、陸晋が籠から書状を取り出した。

「そういえば今月の家賃の請求書が来ていました」

「おお、もうそんな時分か。月日が経《た》つのはあっという間だな。いつものように支払っておいてくれ」

「はい」

即答する陸晋だが、まだなにか言いたげでもあった。

「なんだ、陸晋、その請求書がどうかしたのか。まさか家賃が値上げしてあったのか」

「いえいえ、いつも通りの額ですよ」

「ならばなぜそんな珍妙な顔をする」

「そんな顔をしていましたか？」

「ああ、奥歯にスルメイカが挟まったような顔をしていたぞ」

なるほど、と納得した陸晋はしばし考えた末、意を決したように言った。

「ちょうどいい機会なので伺っておきたいのですが」

「香蘭の分の月餅なら残さないぞ。今日は頭脳労働をしたから甘いものが食べたいのだ」

「それはいかようにも。そうではなく、僕が聞きたいのはこの診療所の家賃についてです」

「それか」

「はい。この診療所の家賃は異常です」

「どう異常なんだ？」

「貧民街とはいえ、これだけ広い敷地、立派な建物をこんな端金で借りられるなんて異常だと思いまして……」

そう言うと陸晋は請求書の金額を指差す。そこに書かれた金額は――。

【六文《もん》】

ちなみに文とはこの国の通貨の最小単位である。六文ではこの月餅一個も買えない。

「こんな端金で借りられるような物件ではない気がするのですが」

「まったく以てその通りだ。貧民街とはいえ、これほどの規模の物件、毎月、金子一〇枚支払ったって安いかもしれない」

「ですよね。無論、この診療所を開いたときの経緯は知っていますが」

「この診療所を建ててくれた夜王《やおう》とも何度も会っているだろう」

「はい。貧民街の夜の王、伝説の義侠《ぎきょう》とも呼ばれている親分ですよね」

「御大層な二つ名だことで。まあ、その御大層な男が六文でいいと言っているのだ。友人としては全力で甘えるのが筋というものだろう」

「たしかに先生としてはそれでよろしいでしょうが、夜王という人は本当に器の大きなお方ですね」

「まあな」

と興味なさげに言うと白蓮は月餅を全部平らげてしまう。陸晋は一個ぐらいは残すかと予想していたが、そんな慈悲はなかったようだ。ただ、弟子の分まで食べてしまったのは少しだけ悔いているようで、陸晋にもう一回お使いに行くように命令をする。陸晋は喜んで籠を手に取るが、白蓮は出掛けぎわにこう声をかけた。

「その夜王とこの前、久しぶりに飲んだ。どうでもいい話ばかりしていたが、昨今、この辺も物騒になってきたらしい。ついででいいので香蘭の様子を見守ってこい」

「といいますと」

「なんでも夜王の赤幇《せきほう》に対抗する組織が現れたようだ。そいつらがここらで麻薬を売り捌《さば》いているんだとよ」

「それは物騒ですね」

「ああ、香蘭は貧民街で慕われている存在だが、麻薬で脳がぶっ壊れた連中はそれを知るまい。あいつは根っからのトラブルメーカーだから用心するに越したことはない」

「本当、天然の騒動気質ですよね」

「ああ」

皮肉気味に首肯すると白蓮は陸晋を送り出した。

†

遺伝子レベルで騒動に巻き込まれる運命を背負った娘こと陽香蘭。しかし周囲が思うほど愚かではないし、不運でもない。早々、騒動に巻き込まれることなど——あった。

貧民街を散歩して一時間後にはこわもての連中に囲まれてしまう。昼間から酒を飲み散らかす連中と出くわしてしまったのだ。それだけならまだしも、その連中に口頭で注意をしてしまったのが騒動の発端なのだが。

師の白蓮でなくても阿呆《あほう》となじられる軽率な行動であったが、老人にぶつかって転ばせても詫《わ》びるどころか助けようともしない連中の態度が気に食わなかったのだ。

香蘭は倒れた老人の無事を確認すると、笑いながら立ち去る酔っぱらい三人に毅然と言い放った。

「謝れ！」

助けられた老人が慌ててよしなさいと止めたが、香蘭はどうしても許すことができなかった。

凛と響く通る声は酒に酔った無頼漢どもを振り向かせるのに十分な声量だった。彼らはぎろりと振り返る。そして小生意気な娘に制裁を加える——ことはなかった。

無論、最初は腹立たしかっただろう。香蘭の言葉は正論であるが、正論であるからこそ腹を立てるもの。それに女子供に謝罪を迫られれば、面子《メンツ》を潰されたと考えるのが男という生き物であった。

ゆえに暴力的な制裁を加えようとしたようだが、香蘭の顔を見るなり無頼漢のひとりがあることに気が付く。

「……おい、こいつもしかして白蓮診療所の娘じゃないか」

「なんだって？　あの白蓮の弟子か？」

「そういうことだ。この娘は東宮様とも昵懇《じっこん》らしい」

「それがどうした。おまえは宮廷の犬か」

「夜王の命令もある」

「あれは白蓮診療所のものに手を出すな、というものだろう。こいつは自分から突っかかってきたんだ」

「そうだが、このことが夜王にばれれば……」

「そ、そんなのは関係ない。俺たちは武侠だ。面子を潰すものは許さない」

「ならばこそこの娘には礼を尽くさねば。この娘は貧民街で病人を診て回っている」

「俺の弟分も白蓮に治してもらったんだ」

　ふたりの仲間がそのようにいさめれば血気盛んなものも引かざるを得ない。

「……むう、わかった。ここは素直になるのが義侠の度量だな」

「そういうことだ。ここは素直に謝ろう」

　無頼漢たちはそのように結論づけると「申し訳ない」と素直に頭を下げた。しかし、香蘭に謝られても困る。香蘭が求めているのは老人に対する謝罪であった。そのことを切々と説くと、彼らも納得したようで転倒させた老人に深々と頭を下げた。

「すまない、じいさん。最近、気が立っているものだから、気が回らなかった」

　ひとりがそう言い、老人を助け起こす。以後このようなことがないように注意するという反省の言葉も自発的に口にした。

　すべてが丸く収まった。自分で言うのもなんであるが、自分の顔も広くなったものだ、と感慨を覚える。

　初めてこの貧民街に足を踏み入れたのは父に連れられてやってきたときだった。無料診療に訪れたのだ。そのとき父は、

「おまえとはまったく違う環境で育った人々だ。よく観察しておきなさい」

と言った。後日、父は娘にどのような感想を持ったか尋ねた。

「建っている家も人々の身なりもここらへんとは大違いでした」

「なぜだと思う？」

「お金がないからです」

「ではなぜお金がないのだと思う？」

「それは……分かりません」

「南都の貴族たちは彼らが下賤なものだからと言う。なかには前世で悪いことをしたからだと言うものもいる」

「そうなのですか？」

「そうではない。決してそんなことはない。彼らが持たざるものなのは偶然でしかない」

「偶然……」

「そうだ。私はたまに貧民街に無償で医療を施しに行く。皆、私のことを聖人だと崇めてくれる。貴族でさえ私の行動を賛美してくれる」

「父上は偉いです」

「私はできることをしているだけ。ただおまえにだけは言っておくが、私は聖人とおだてられたいがために無料奉仕をしているのではない」

「ではなんのためにしているのですか？」

「罪悪感かな」

「……罪悪感」

「恵まれた環境に生まれてしまった罪悪感を払拭するためだ。幼き頃、私は貧民街の子供と喧嘩《けんか》をした」

「父上が⁉」

「私とて子供の頃は悪童だった。しかし、そのときに気が付いた、この世界には〝境界線〟があることに」

「境界線……」

「決して越えることのできない壁のことだ。彼はたまたま壁の外に生まれただけだった。私は彼の言葉によってそれに気が付いた。喧嘩に負けた彼はこう言ったのだ」


俺もおまえのように肉の入った饅頭を食べていれば絶対、喧嘩に負けなかったのに。

と――。

「肉の入った饅頭――」

「意味のある言葉ではない。負け惜しみだ。言いわけだ。ただ、私の心には雷鳴のように響いた」

香蘭の父は穏やかな表情で語る。

「この世界には幼き頃から肉の入った汁を飲み、肉饅頭を食べることができる家の子がいる。私のことだ。半面、肉の入った汁など滅多に飲めず、肉饅頭を食うことができない家の子もいる」

「子供の頃に摂る栄養はその子供の体格を決定づけます」

「そうだ。そういうことだ。だから金持ちの家の子である私に負けたのが悔しくて仕方なかったのだろう。だからあのような台詞を発したのだ。あのときの少年の表情と台詞、私は生涯、忘れることができぬ。だからこのように時折、ここにやってきては医療を施すのだ」

「…………」

「香蘭、おまえは女、私のように喧嘩で気が付くことはないだろうが、別の形で〝境界線〟に気付くだろう。貴族と貧民、同じ人間だが、道理が違うことに。そのとき、おまえはどのように考え、どのように彼らに接するのだろうな」

そのように締めくくると、父は以後、この話には触れなかった。香蘭もそれ以上聞くことはなく、時折、無償医療の手伝いをするだけだった。

時折、あのときの会話を思い出すが、以来、せっせと貧民街の人々と接し、今では白蓮の弟子として香蘭はちょっとした有名人になりつつあった。散夢宮の小夜啼鳥、ではないが、それに類するあだ名を付けられつつあったのだ。貧民街の地母神《ちぼしん》というあだ名であるが、これもかなり小っ恥ずかしい。

さてそのようなあだ名が付いているから無頼漢たちも聞く耳を持ってくれたわけであるが、実はそれだけではない。香蘭と白蓮に手を出すのは禁忌なのだそうな。月に数回、貧民街の人々に無償医療を施す白蓮診療所の関係者に手を出せば、貧民街のものたちの反感を買う、ということもあるが、それ以上に手を出してはいけない理由があった。

それはこの無頼漢たちの頭目であり、この南都を支配する侠客である夜王と呼ばれる人物が関係していた。貧民街の顔役である夜王の友人が白蓮であったのだ。

貧民街の闇市場を支配する夜王は白蓮診療所の敷地提供や建設も援助している。また地元のやくざものにも目を光らせ、白蓮診療所に手を出すものは〝手を切り落とす〟と宣言していた。真実かは分からないが、夜王の命令に背いて、手を切り落とされたものが白蓮に泣きついて手をくっつけてもらったという笑い話もあるくらいであった。

なので無頼漢たちも小娘である香蘭の言葉に聞く耳を持ってくれたのだろうが、香蘭にはひとつ気になることがあった。それは無頼漢たちの心がすさんでいることであった。

香蘭が白蓮診療所に出入りするようになって一年、自慢ではないがやくざものや無頼漢に絡まれることは十数余、絡まれ慣れている。そんな香蘭から見ても彼らはやさぐれていた。彼らはやくざものであるが、本来、もっと節度のあるやさぐれ方をしていたような気がするのだ。自分たちでも気が立っていたと言っていたし、なにかあったのだろうか。お節介焼きの香蘭としては彼らの悩みも聞いておきたいところであった。

なので事情を聞かせてくれるように提案する。三人の無頼漢たちは顔を見合わせ、相談を始める。小娘がどうとかという言葉が耳に入ったが、結局、彼らは香蘭に心を開いてくれた。

「貧民街の地母神に話すのも一興だろう」

そのような意見に落ち着いたようだが、そのあだ名、恥ずかしいからやめてほしいまじで。

†

無頼漢たちは香蘭を酒家に誘うと、

「香蘭の姉御！　ささっ」

慇懃に酌をした。

先ほどの無礼を詫びるためらしいが、悪い気はしない。素直に酌を受ける。香蘭も返杯をするとわだかまりは消え、和議が成立する。

これを以て手打ち。元々、侠客という人種は竹を割ったような快男児が多い。夏侯門先生のところの胡備師《こびし》のような人物が多いのだ。

一度、腹を割って話し合い、仲間だと思った人間には命を懸けることができるのが侠客という人たちであった。そこがならずものとの大きな違いだろう。

義兄弟の誓いこそ交わさなかったが、相応の礼を以て遇されると、しばし酒を飲み、歓談する。ほろ酔い気分になった頃、本題に入った。

「呂帯《りょたい》殿、禹進《うしん》殿、夏網《かもう》殿、なにかお困りごとがあるようでしたが、そろそろ話して頂けますか」

「そうでした。我々は相談に乗って頂こうと香蘭殿と酒席を共にしているのです」

はっと思い出した三人衆は順を追って説明する。

「香蘭殿はこの貧民街の王についてご存じですよね」

「名前だけは何度も聞いています。夜の王、略して夜王、この国はあまねく皇帝の領土ですが、その徳が及ばない地域があります。そのひとつが貧民街」

「そうです。貧民街には皇帝が定めた法も及びません。その代わり徳も及ばない」

「つまりなんの援助も得られない。治安も維持しなければ道路も造らない」

「はい。自由と引き換えに、税の免除を得た地域です。ま、貧乏人から税を取り立てるのはどんなに徳の高い皇帝でも不可能でしょうが」

ない袖は振れない、はっはっは、と笑う三人衆、自虐ではなく、誇りが混じった笑いだ。

「そのため貧民街の住人たちは自治を行っています。しかし、貧乏人ですから纏まりが悪い。互いにいがみ合ったり、金を奪い合ったり、しょっちゅうです。そこで自然と纏め役が生まれました」

「荒くれものたちを纏め上げる存在ですね」

「そうです。どのような場所にも指導者は必要。夜王は貧民街に巣くう犯罪者たちを纏め上げ、組織を作り上げました。それが赤幇です」

「赤幇」

「特段意味がある名前ではありません。しかし、赤幇は貧民街にとっては絶対の組織。唯一無二の治安維持組織なのです」

「荒くれものは荒くれものでしか制せない。夷《い》をもって夷を制す」

「そういうことですな。我らは貧民街で商売を営むものたちからショバ代を貰ってその代わり揉《も》め事《ごと》を解決しています」

殺伐とした貧民街では揉め事が起きやすい。誰かが仲裁をしなければすぐに刃傷沙汰《にんじょうざ》汰《た》になる。人が死ねば恨みが募り、報復を生む。報復はまた別の報復を生み、終わりなく繰り返される。さすれば商売どころか日常生活もままならない。

無論、ショバ代は商品の価格に転嫁されるが、それも仕方がない。治安が乱れればそれの数倍、値上げを強いられることになるのだから。商品が無事、店頭に並ばなければ商人も商売ができない。いわば街のとり纏めの俠客集団は〝必要悪〟なのである。

この貧民街に出入りするようになって、香蘭はならずものと俠客の違いを認識できるほどの人生経験を得ていた。偏見を持たず彼らの言い分を聞くことができる。

「我らには誇りがあります。この貧民街の住人を守っているという誇りが。お上には頼らず、自立自尊を守っているという誇りが。その誇りを胸に常に街を駆け回っているのですが、昨今、看過できない事態が起きていまして」

「どのような事態が？」

「ショバ代を納めない店が増えているのです」

「それは困りものですね。ショバ代が高すぎるのかな」

「違います。昨今は値下げしているくらいなのです。ショバ代を払わなくなった理由は明白で、我ら赤幇に取って代わろうとする新興勢力が台頭し始めたのです」

「要は縄張りを荒らす新たな組織が生まれたのですね」

「そういうことです。そいつらは北方からやってきた俠客の集団、猪頭会《ちょとうかい》です」

「猪頭会……」

聞いたことがない名である。それも当然、香蘭は日々、忙しく、裏社会のことなど眼中にない。ただ、新たな組織がやってきて競争の末、ショバ代が安くなるのならばいいことではないか、と思ってしまうが。競争原理というやつが発生しているのでは、と尋ねると三人衆は憤慨する。

「それは違います。無論、ショバ代を安くしたのは貧民街の住人の心を繋ぎ止めておくためですが、やつらは汚い手段を使って我々の縄張りを荒らしているのです」

「というと?」

「侠客集団は〝麻薬〟を売っているのです」

「麻薬⁉」

「そうです。我ら赤幇は盤石の勢力だった。他の貧民街とは違い住民から絶対の信頼を置かれ、組織はひとつしかなかった。競争原理など不要なくらい完璧な組織だったのです。しかし、それに割って入ってきたのが猪頭会だった。やつらは正攻法では我らに対抗できないと知ると、貧民街に麻薬を蔓延《まんえん》させ始《はじ》めたのです」

「なんと卑劣な!」

「そうです!」

同調する三人衆。

「我ら赤幇はショバ代を巻き上げます。女の売り買いもする。暴力沙汰など日常茶飯事です。しかし、麻薬だけには手を染めなかった。どんなに儲かると分かっていても麻薬は禁忌としていたのです」

「それは知っています。この貧民街で麻薬を使っているものはごく少数だ」

以前、夏侯門診療所の前で麻薬患者を診たことがあるが、あれは例外であった。少なくとも白蓮診療所に麻薬中毒者が運び込まれたことはない。夜王は麻薬を憎んでいるから麻薬中毒者《ジャンキー》の相手をしなくて助かる、と軽口をたたいていたこともあるほどだ。香蘭としても麻薬の恐ろしさはよく知っていたので、その点でも夜王のことを信頼していた。麻薬からこの街を守っている立派な親分であると認識していたのである。

しかしまさか別の組織がこの街を乗っ取るために麻薬を売るとは考えてもいなかった。

「それは一大事ですね。あなた方の気が立つのも仕方ない」

「でしょう。やってられるか、という感じですよ」

どん、と酒杯を卓に置く。

「我らは義侠だ。やくざものであるが、やっていいことと悪いことの区別はちゃんとつけていた」

「麻薬は人をだめにする。人の生活を灰色にしてしまうのです。人の脳を破壊する最悪の薬物だ」

「どのように貧しい生活をしようとも、そんなものに逃避だけはさせない。ぼろは着ていても心は錦、そうあってほしいと夜王は麻薬を憎んでいたのに」

「よりにもよってその麻薬を使って赤幇に喧嘩を売りに来るとは」

「そして悔しいことにそれが効果覿面《てきめん》で、我らは徐々に劣勢になりつつある」

三人衆は口々に嘆く。

「正しきものが勝つというのが世の中ではないのか」

香蘭も昔は彼らと同意見であったが、残念ながらそれは違う、と心の中で首を横に振る。宮廷という伏魔殿で揉まれてきた香蘭は昔ほど純粋ではない。この世界は正義が勝つのではなく、勝ったほうが正義の定義を構築できるのだ。

痛いほどそのことを知っている香蘭であるが、いまだ昔の大義が心の過半を占めてもいた。口が勝手に動く。

「わたしも同感です！」

と。

酒も入っているし、そうなればトントン拍子で話が纏まる。無論、香蘭には武力はないので荒事では協力できないが、師譲りの医学の知識と知謀がある。なんとか赤幇に刃向かう組織を駆逐できないか、協力することを約束する。

そしてその瞬間を見計らったかのように酒家が騒然とし始めた。店主と客が揉め始めたのだ。やくざものが店主にいちゃもんをつけている。

男は油虫《ゴキブリ》をつまみ上げると、「この店は客に油虫を出すのか」と恫喝《どうかつ》している。通常、絶対に混入しないであろう結構な大きさのものだ。

典型的ないちゃもんというか、三文芝居であるが、こわもての男たちがやれば効果覿面、中年の店主夫婦は冷や汗をかいている。荒事に慣れていないのだろう。当然だ。最近まではこの辺は赤幇の縄張り、このようなちんぴらがはびこる余地などなかったのだから。困り果てている店主夫婦を見て、義侠たちは立ち上がる。

「猪頭会の連中だ」

店主にいちゃもんをつけているのが、赤幇の縄張りを侵蝕している猪頭会らしい。ついに赤幇の縄張りの中心部にまで堂々とちょっかいをかけ始めたようだ。三人衆は怒りに燃え拳を握りしめる。中には懐に手を入れるものもいた。短刀を忍ばせているのだろう。

「おい、てめえら、人のシマでなにしてくれてるんじゃ！」

およそ個性のない恫喝であるが、このようなときに言葉の工夫など必要ない。猪頭会の連中もそのようなものを求めているわけもなく、

「赤幇の連中か」

と鼻で笑うようなわかりやすい挑発をする。三人衆はいきり立つ。顔を真っ赤にして、

短刀を取り出した。

「ひ、ひぃ、刃傷沙汰だけは御勘弁を」

中年の店主はなんとかことを収めようとするが、俠客の世界でなによりも大事なのは〝面子〟だった。

面子を潰された俠客はその界隈《かいわい》で笑いものにされる。商売ができなくなるのだ。面子を傷つけ合えば命の取り合いをするのは俠客の習性であり、宿命でもあった。猪頭会の連中も短刀を抜き始め一触即発の状態になる。どちらかが動けばこの酒家は流血の坩堝《るつぼ》と化すだろう。

赤幇三人衆と猪頭会の四人、全員の刺し傷を同時に縫合するのは香蘭には不可能であった。香蘭の師である白蓮ならば颯爽《さっそう》と現れ、メスを使って赤幇と猪頭会双方の手か足の筋を切り、喧嘩を止めることも可能であったが、運動音痴である香蘭にそのような芸当はできない。毅然とした口調で言い放つ。

「双方、短刀をしまわれよ！　ここは酒を楽しむ場であって、血を浴びる場所ではない！」

びしっと決めたつもりであるが、一七の小娘が言ったところでなんら効果はない。女子供はすっこんでいろと睨まれてしまった。

香蘭は非暴力主義者だが、そのような物言いをされればさすがに頭に血が上る。握りこぶしを作って突進しようとするが、途中にあった椅子につまずく始末。まったく荒事に向いていないのだ。

「……いてて」

と膝小僧をなでている間に、赤幇と猪頭会の短刀が交差する――ことはなかった。香蘭より勇ましく、力強い制止の声が酒家に響き渡ったのだ。

「てめえら、こんなところでくだらねえ争いをしているんじゃねえ！」

戦場に響き渡るような声、その声の持ち主は体格のよい美丈夫で、左目に眼帯をしていた。一目でただものではないと感じさせる気配を纏っていた。事実ただものではなく、彼こそがこの界隈の顔役、貧民街の夜の王であった。

三人衆は顔を輝かせ、

「夜王」

と彼の名を呼び。

猪頭会の四人組は顔を引きつらせ、

「や、夜王……」

と言った。

その態度を見るだけで夜王がどれほど畏怖され、尊敬されているか想像できたが、同時に猪頭会の連中から憎まれていることも察することができた。猪頭会の連中は夜王を確認するなり、無謀な台詞を言い放つ。

「びびることはねえ。今、夜王の命《タマ》を取れば俺たちは猪頭会の幹部になれるんだ」

自身を鼓舞するかのように言い放ち、短刀を振り上げて一斉に夜王に襲いかかるが、夜王は彼らを軽くあしらう。最小限の動作で猪頭会たちの斬撃や刺突攻撃をかわすと、最短の距離で拳を突き出す。ひゅんという音が鳴りそうなほどの拳を猪頭会の連中にめり込ませていく。四発の拳はそれぞれ、顎、肝臓、みぞおち、と人体の急所に的確に命中させている。とくに顎に拳が命中したふたりは一瞬で気を失った。

人体に詳しい香蘭は知っている。

（……顎に打撃を受けると脳が揺さぶられ、一瞬で脳しんとうを起こす）

肝臓やみぞおちに打撃を受ければ、この世のものとは思えない苦しみを味わう。四人のうちふたりを気絶させ、ふたりを悶絶《もんぜつ》させたのは、悪漢どもから情報を聞き出すためであった。

みぞおちに一撃を与えた悪漢の首を絞め上げ、すごむ。

「ここは俺たち赤幇の縄張りだ。それを知っての狼藉《ろうぜき》か──」

夜王は途中で言葉を区切り、冷笑する。

「愚問だったな。知っていて当然か。俺たち赤幇を挑発するためにやってきたんだな」

「う、うるせえ」

猪頭会の男は痛みを堪えつつ虚勢を張るが、夜王は酒家で煙草を吸っている客から煙管《キセル》を借りると、それを悪漢の手の甲に載せた。

「ぎゃ、ぎゃあ」

熱さのあまりに情けない声を上げるが、夜王は容赦をしない。

「そこにある火箸でおまえの目をえぐったらもっと可愛く泣き叫んでくれるかな？」

悪漢は恐怖のあまり失禁する。この時点で勝負はあった。悪漢は子供のように泣きじゃくりながら許しを乞う。

「す、すまねえ。い、いや、ごめんなさい」

「謝罪できるのはいいことだ。だが、反省だけならば猿でもできる」

「に、二度とこの店には来ない」

ぎろり、と夜王は視線を強める。

「に、二度とこの街には近づかない」

「それは殊勝なことだ。ついでにおまえたち猪頭会のことを話して貰おうか」

「俺たちのことって言っても、あんたなら知ってるだろ」

「ああ、知っている。北方の都市からやってきた俠客の集団。昨今、俺たち赤幇の縄張りを荒らしているくずだ」

「そのまんまだよ」

「しかし、おまえたちの首領の正体が分からない。俺は何十人も密偵を使っているが名前さえ摑めない。吐け」

「そ、それはできない」

「ほう。火箸は二本あって、おまえの目もふたつあるな。ちょうどいいとは思わないか？」

「ひ、ひい、や、やめてくれ。首領のことを話したら俺は殺されちまうんだ」

「今、殺されるのと、数日でも生き延びられる選択肢があったら、俺ならば後者を選ぶがね」

「しゅ、首領はあんたなんかと比べものにならないほど残酷なんだ。俺だけじゃなく家族まで八つ裂きにされちまう」

その言葉を聞いた夜王は一段と目力を強めた。

「そ、それに俺は首領の名前を知らないんだ。ほんとだ。猪頭会の首領の正体はごくごく一部の幹部しか知らないんだ。命令も何人もの人間を通して下りてくるんだよ」

「用心深い男なんだな」

「そ、そうだ。だから本当に知らないんだ。許してくれ」

その言葉を聞いた夜王は目力を緩めた。

「――まったく、俺はなんて慈悲深いんだ。いや、甘いか」

白蓮と劉淵の甘さが移ったかな、そうため息を漏らすと夜王は男を解放した。ふたりを気絶させ、残りふたりの意識を保つように殴ったのは、気絶したふたりを運ばせるためだろう。最初から逃がしてやるつもりだったようだ。

香蘭は夜王が無益な殺生をしないように止めようと思っていたが、その必要はなかったようだ。夜の王などという物騒なあだ名があるが、冷酷ではあっても無慈悲ではないようである。夜王は悪党どもを蹴散らすと、暴れたときに壊れてしまった店の備品を買い直せ、と懐から取り出した金子を店主に渡した。中年夫婦はぽかんとしている。

夜王は説明する。

「俺の力不足が招いたことだ。俺の根城の目と鼻の先までやつらの侵蝕を許すなんて。自分でもふがいないと思っている。詫び代だ、とっておけ」

「し、しかし、壊れたのは椅子くらいですし」

「ならば酒をくれ。この店で一番上等な酒だ。二人前ほしいな」

「二人前ですか？」

きょとんとする酒家の店主。

「ああ、面白い娘と出会ったからな。普段は医術のことしかかまけていないのに、必要とあらば自分よりも強いものに平然と立ち向かっていく娘を見つけた。興味がある」

その娘とは香蘭のことであろうか。

「青びょうたんのくせに勇気は常人の何倍もある。見た目は化粧ベタの娘のくせになぜか後宮の貴妃のような気品を備えている。俺の悪友が言っていたまんまの娘だな」

「その御友人とは白蓮殿のことでしょうか？」

「ああ、そうだ。医者のくせに真っ黒な格好をしているひねくれもののことだ」

ひねくれ具合は夜王もどっこいのような気がしたのだが、指摘はしない。今の騒ぎで酔いが覚めてしまったし、高いお酒を奢《おご》って貰《もら》えるのならば断る理由はなかった。

「生憎と酒に強い体質ではありませんので、一杯だけお付き合いします」

「じゃあ、ちびちびと飲んでくれ」

そのように言い放つと、三人衆、それと店の外に控えさせていた部下も店内に呼び入れ、「好きなだけ飲め」と言う。夜王の剛毅な言葉に彼らは「おお！」「有り難い！」「景気づけだ！」と口々に叫び、酒家はあっという間に満席となった。

悪漢が去った上に店は大盛況、店主夫婦は暗い表情を一転させ、大慌てで給仕を始める。香蘭はそれを横目で見ながら、夜王の対面に座り、彼の言葉に耳を傾けた。

なにから話せばいいのか、と夜王は迷っているようだ。香蘭は赤幇と猪頭会が敵対しており、猪頭会が卑劣な手段で赤幇を潰そうとしていることは知っていると告げる。

「そうか、ではほぼ話すことはないな。ならば俺と白蓮の関係から話そうか」

「はい。むしろ、そちらから知りたいです」

好奇心を込めて言う。

「俺と白蓮は腐れ縁だ。やつが宮廷の仕事を辞して中原国をさまよっていたときに出会った。やつは中原国中を放浪した末に、南都に戻ってきたんだ」

「それは聞いています。東宮様の軍師兼御典医を辞されたあと国中を回って医療を施していたとか。そのときに陸晋や様々な人と会ったと聞いています」

「そのうちのひとりが俺だな。当時、俺はこの貧民街で敵対していた組織に襲われ、瀕《ひん》死《し》の重傷を負ったんだ」

夜王はそのときの状況を淡々と語る。

「切り傷は数えきれないほど、刺し傷は七カ所、うちふたつは臓器に達していた。知り合いの闇医者に診せたら念仏を唱え始めたよ」

「この国の医者ならば助けることは不可能です」

「そうだ。しかしやつは違った。やつは不敵な笑みを浮かべて言った。おまえは金を持っているか？　と尋ねてきた」

「白蓮殿らしい物言いだ」

思わず笑みが漏れてしまうが、意訳すれば金を払えば助けてやる、ということだろう。

「その通りだ。俺は言った。俺の命は安くない。おまえの言い値を出そう、と」

「あなたも豪胆な人だ。あの人ならば金子一〇〇〇枚は要求したんじゃ」

「ありえそうだな。しかし、違った。やつが俺に要求した治療費は六文だった」

「六文⁉ たったの？」

「そうだ」

「六文じゃ、酒代にもならないじゃないですか」

「そうだな。しかし、その値段には意味がある」

「どのような意味が？」

「三途《さんず》の川《かわ》の渡し賃だよ」

人間は死ぬと〝あの世〟と呼ばれる場所に行く、そこで閻魔《えんま》大王《だいおう》に沙汰を受け、地獄に落ちるか、天国に行けるか、定められると説く宗教もある。あるいは人間は死ぬと別の人間に輪廻転生を繰り返すと説く宗教もある。どちらが真実かは分からないが、どちらの宗派も共通しているものがある。

それが三途の川だ。

そこを渡ると閻魔様に会えたり、輪廻転生をするというのが両者の主張だ。そしてその川を渡るのに船頭にお金を支払わなければいけない。その渡し賃が六文というわけだ。ゆえに家族が死ぬと棺桶《かんおけ》に六文銭を入れたり、火葬するときに紙で模した六文銭を入れておく風習がこの国の各地に存在した。香蘭は祖父が荼毘《だび》に付されたときのことを思い出す。

「やつなりの皮肉というわけだな。おまえが助かるかは半々、もしものときに備えて六文銭を用意しておけ、という意味があったのだろう」

「あるいはあなたの人格をとても気に入っていた可能性もあります。この男はタダ同然でも助ける価値がある。いや、助けたいと思ったのかも」

「けつの穴がむずむずするようなことを言うな」

「師の性格を熟知していますからね」

軽く微笑むと夜王は続ける。

「こうして俺がぴんぴんしていることからも分かるとおり、やつは見事な手際で俺を救った。一ヶ月後には抜糸をし、また喧嘩ができるまでに回復したよ」

「あなたの回復力も化け物じみてますよ」

「寝所でもよく言われるよ」

「そのときの縁で白蓮殿に診療所を貸し与えてくれたんですね」

「そういうことだ。貧民街には国から免状を貰った正式な医師がひとりもいない。勝手に医師を名乗っている藪医者《やぶいしゃ》か、不祥事をしでかして医師の免許を剥奪された闇医者しかいなかったからな。ま、それはあいつも同じだが」

「ですが腕が段違いです」

「ああ、神にも等しい医術の腕を持っている。まさしく神医だ。しかし惜しいかな、昔はあったはずの〝仁〟の心を失いかけていた」

「宮廷で色々と酷い目に遭ったそうです」

「そういうことだ。それは惜しい。俺たち侠客もやっていることは悪徳に見えるが、仁義は大切にする」

「はい」

「仁を失えばただの悪党に成り下がる。義を失えば畜生以下に成り下がる。だからせめて俺の命を助けてくれた恩人に仁の心を忘れないでほしいと思ったんだ」

「それで月に数度、無料診療をすることを引き換えに診療所を建ててくださったんですね」

「そういうことだ」

その言葉を聞いた香蘭は「素晴らしい！」と手放しで褒める。

「もしもあなたが診療所を貸し与えず、無料診療を提案していなかったら、白蓮殿はただのやさぐれた医者になっていましたよ」

「さてね。もっとまともな人生を歩んでいた可能性もあるぞ」

「そうかもしれませんが、少なくともあなたの提案した無料診療によって多くの人々が救われました」

「この貧民街はいわば俺の領地だ。領民が健康で幸せに暮らせば、実入りがよくなる。それだけだ」

「それは立派な考えだ。経世済民です」

経世済民とは「経済」の語源。文字通りの意味で世をおさめて民を救うという概念だ。誰かがまっとうな商売をすれば、それが他人の笑顔になるという考え方である。

「祖父はよく言っていました。道徳なき商売は悪であるが、経済なき商売は寝言である、と。わたしはあなた方のような商売は社会に必要な潤滑油だと思っています」

半壊した酒家の修理を手伝う三人衆たち。やくざではあるが悪人には見えない。この店で酒を飲んでいる夜王の手下たちも根っからの悪党には見えない。皆、南都の下町か地方から出てきた素朴な青年に見えた。

頼れるもののいない彼らが自然と貧民街に集まり、協力して暮らしているだけであった。ショバ代を巻き上げる商売といえば聞こえは悪いが、自治団と呼称すればしっくりとくる。

そのように正直に感想を伝えると、夜王はにやりと微笑んだ。それを聞いた彼の手下たちは香蘭の背中を叩き、

「姉ちゃん、分かってるじゃねえか」

と上機嫌になった。こうなればもう宴もたけなわになる。あと一杯と宣言した香蘭で

あるが、しこたま飲まされ、へべれけになるまで付き合わされた。千鳥足で帰路に就いたが、もしも陸晋が迎えに来てくれなければその辺りで眠りこけていたことだろう。陸晋は香蘭の醜態にため息は漏らさずこう言った。

「たまにははめを外すのも悪くありませんが、お酒はほどほどに。白蓮先生のようになってしまいますよ」

飲兵衛《のんべえ》で酒がなければ生きられない師匠の醜態を思い浮かべると納得だった。

こうして夜王との初対面は終わったが、後日、正式に猪頭会をこの街から駆逐するのに協力してほしいと要請される。

香蘭は白蓮診療所で師の顔色を窺う。

「夜王の要請を受けてもいいでしょうか？　診療所に顔を出せる時間が減りますが」

「なにかあるたびに診療所を放り出すのは今に始まったことではないだろう」

「赤面の至りです」

「実は我が診療所にも麻薬中毒患者が運び込まれ始めている」

「なんと」

「ああ、〝涅槃《ねはん》〟と呼ばれる麻薬が流行《はや》っているらしいな」

「涅槃ですか」

「そうだ。涅槃。つまりあの世に逝けるほどの快楽を得られるという意味があるらしい。さらに付け加えれば大量に摂取すれば涅槃に旅立てるほど危険という意味もある。御丁寧に使用のしすぎに注意という説明書がついているようなものだな」

「その親切心はせっかく中毒にさせたものを生かさず殺さずの状態にするためですね」

「その通り、過剰摂取《オーバードーズ》で死なれたら優良顧客を失うからな。それにそれほどの快楽を得られるのならばどのようなものか試したくなるのが人間の性《さが》というものだ」

「理に適っている上に巧妙な命名ですね」

「もしも意図して名付けたのならばそのものは大商人になれる才能があるよ。しかし、麻薬の名称はたいていい末端のものたちの何気ない隠語から始まる」

「どちらにしても最悪の薬物ですね」

「ああ、実は先日、中毒者から取り上げた実物がある」

白蓮はさも当然のように言い放つと、透明な結晶を香蘭に見せる。

「白い粉ではないのですね」

「創作物の読みすぎだな。覚醒剤は氷砂糖に近い見た目だよ」

「これは覚醒剤なのですか？」

「いや、それはまだ分からん。ただ、これほど透明なものを生成するには相当な化学的知識と技術が必要だ。裏に大規模な組織があるのだろうな」

「猪頭会という組織はそれほどまでの技術力を持っているということか」

「そうなるな。さて、話は逸《そ》れたが、俺はこれからこの涅槃の成分を分析する。そこからなにか示唆《ヒント》が得られるかもしれない」

「それはこの一件に白蓮殿も力を貸してくれるという解釈でよろしいですか?」

「ただじゃいやだね」

そっけなく言い放つ守銭奴に、香蘭は適切な返しをする。

「ではわたしが依頼料を支払いましょう」

そう結ぶと、白蓮の手のひらを強引に開き、銅銭を握らせた。

額を確認した白蓮は眉をひそめる。

「なんだ。この端金は」

「三途の川の渡し賃です」

香蘭が白蓮に握らせたのは、銅貨六枚、つまり六文銭だった。香蘭流の冗談《ユーモア》であるが、六文銭を見た白蓮は、

「悪知恵だけは俺に近づいてきたな」

と、ため息《い》を漏らした。

「青は藍より出でて藍より青し」

とは横にいた陸晋の台詞、優秀な師に学んだものは師を超えるという意味の言葉だが、

香蘭としては、

「朱に交われば赤くなる」

という言葉を使いたかった。

どちらにしろ師の薫陶が色濃く出てしまうのが白蓮診療所という職場なのだろう。

診療時間になり、三人はそれぞれの仕事に戻る。白蓮は診療の合間を縫って涅槃の成分分析を始め、陸晋は助手としてあくせく的確に動き回った。香蘭は要請に応え、そのまま夜王の根城へと向かった。

†

夜王の根城が南都の貧民街にあることは知っていたが、正確な所在地は知らない。白蓮も知らないそうだ。

夜王と対立する組織は多い。同じ俠客の集団、国の役人、貴族の私兵たち、普段、取り引きしている商人とて気を許せる相手ではないだろう。そんな中、香蘭のような娘でさえ簡単に居場所を把握できるとなればどうなるか、火を見るよりも明らかだった。

千客万来、毎日のように毒を塗った短剣を携えた客がやってくることだろう。そんな中では安眠など不可能であるし、命がいくらあっても足りない。なので夜王は居場所を毎日変えていた。

しかし、香蘭には有力なコネがあるのである。そもそも彼らに相談されたのがきっかけで今回の件に首を突っ込むことになったので、夜王との面会は容易なはずであった。まずは昨日出会った赤幇の三人衆につてがあるので、昨日の酒場に行き、合い言葉を囁く。

「…………俺様って超かっこいい」

珍妙というか、小っ恥ずかしい合い言葉であるが、合い言葉は夜王自身が決めて定期的に変えているそうだから、彼の人となりが垣間見《かいまみ》える。白蓮のように変人で、さらに自己愛的美意識所持者《ナルシスト》なのだろう。まったく、白蓮と東宮の友人には変わりものしかいないのだろうか。その変わりものの中に〝自分〟が含まれていることなど露とも考えず夜王の手下の反応を待つが、彼は胡散臭そうに香蘭の全身を見つめたあとに言った。

「呂帯の兄貴から話は聞いている。おまえが陽香蘭か？」

「いかにも」

「青びょうたんの小娘と聞いている。見た目はそのままだが、おまえが陽香蘭である証拠はあるか？」

「わたしがわたしである証拠などないです。毎朝、起きて手桶で顔を洗うとき、わたしは本当にわたしなのだろうか、と疑うことがあります。もしかしてわたしは雨蛙《あまがえる》が見ている夢の中の住人なのではないか、そんな気がするときもあるのです」

「……変わった娘だという情報とも一致する」

「医療の腕もお見せしましょう」

そう宣言すると香蘭は懐からメスを取り出す。刃物を見た手下は顔色を変えたが、香蘭は躊躇《ちゅうちょ》せずに言い放つ。

「顔に出来物ができていますね。枕掛けを洗っていませんね」

「それどころか万年床だよ」

「雑菌が繁殖しています。医師としては定期的に洗濯することをおすすめしますが、その前にその大きなニキビを切開させてください」

「こ、これか」

頬にできた腫れ物を手のひらで隠す。

「いいよ、別に。出来物や腫れ物なんてできたってどうでもいい。男は顔じゃねえ。中身だ」

「昨今の女子は清潔感を重視しますよ。それにその出来物の中には膿が充満しています」

「自分で潰すさ」

「そのようなことをすればあばた顔になるだけです」

そう断言し、切開して膿を出すことを提案する。

「い、痛くするなよ」

「もちろん」

と答えると師譲りのメスさばきを見せる。相手の顔に軽く触れると、そのまま、すーという音がしそうな仕草でメスを縦に動かす。すると男の大きな腫れ物がぱかりと割れ、そこから濃い鼻水のようなものが流れ落ちる。それを清潔な布で拭き取り、消毒をし、陽診療所特製の軟膏《なんこう》を塗る。白蓮診療所の抗生物質を使わなかったのは高価だからだ。効果は覿面であった。手下の男はぽかんとした表情を浮かべた。

「すげえ。痛みがあっという間に引いていく」

「あれほど腫れていたのです。痛かったでしょう」

布に含ませた膿の量はかなりのもので、正直、気持ち悪いが逆に男の香蘭に対する信頼度はその量に比例して上がった。

「いやはや、あんたは名医だ。疑うまでもなくかの陽香蘭に違いない」

「信じていただけたようでなによりです」

「最近、猪頭会の連中が好き勝手をしているから、夜王の警備が厳重になっているんだ」

「それも聞き及んでいます」

「これから目隠しをして夜王のところまで案内するが、気を悪くしないでほしい」

「承知しました」

目隠しをするのは夜王の潜伏先が露見しないようにという処置だろう。身内ではない香蘭には当然の対応であるので文句はない。香蘭は口が軽いほうではないが、猪頭会に捕まり、拷問を受ければ居場所を話してしまうかもしれない。ならば最初から知らないほうが双方のためであった。素直に受け入れるが、一応、目隠しする布は持参のものでと願い出る。男の出来物の件もあるし、赤幇のものたちの衛生観念を信用していなかったのである。手下の男は「たしかに」と苦笑いをしながら許可をくれた。


このようにして目隠しをし、ぐるぐると回転させられた上で手を引かれる。三半規管と方向感覚を失わせた上で移動させられるわけだ。貧民街の曲がりくねった小道を迂回《うかい》して向かうからもはや自分がどこにいるかまったく分からない。時間にして十数分、どこやら歩かされると建物に入る。

そこでようやく目隠しをとる許可をもらうが、薄暗い室内にいたのは先日面会をした眼帯の男だった。

「ご足労だったな、陽香蘭」

「お久しぶりです――というほど時間は経っていませんが」

「そうだな。昨日の今日だ」

苦笑を漏らす夜の王。

「昨晩のあれはいわば顔合わせだ。互いに信頼するに足るかは小一時間酒杯を酌み交わせば分かる」

白蓮の世界で言えば飲みニケーションというやつだ。彼《あ》の世界《よ》ではすでに時代遅れな文化であるらしいが、情報の伝達が対面と文書に限られるこの世界ではまだまだ有用であった。共に食事をすれば相手の氏素性などすぐに分かる。酒を飲んで気が緩めば本性などすぐにあらわになる。その上で相手とまた飲みたいと思えばそのものは善き友、これは香蘭が酒を嗜《たしな》むようになって気付いた人生の真理であった。人の善悪を見抜く力はある意味、医療の知識よりも役に立つことがある。そのような感想を抱いていると、香蘭は改めて協力を頼まれる。

「話は昨日したまんまだ。おまえに協力を求めたい」

「酒の上での戯《ざ》れ言《ごと》ではない、ということですね」

香蘭は真剣な面持ちになる。

「そうだ」

「しかし、なぜ、わたしのような未熟なものに頼るのです。わたしができるのは〝ニキビ切開〟くらいですよ」

「おまえを巻き込めば、今回の件にも必然的にこの国最高の軍師がついてくる」

「なるほど、師目当てですか」

「気を悪くしたかな」

「まさか。むしろ納得がいく」

宮廷の小夜啼鳥、貧民街の地母神など、過大にして誇大な二つ名が広まりつつあるが、香蘭の活躍の源泉をたどれば、〝すべて〟神医白蓮に行き着く。師の無尽蔵の知識と教養、それらを活《い》かす機転と知恵を借りて、香蘭は数々の事件を解決してきたのだ。

むしろ香蘭の能力だけを欲して手伝いを頼むなど、物事の本質を見極められぬもののすることだろう。夜王は香蘭よりも白蓮との付き合いが長く、彼の有能さを誰よりも熟知しているようである。――へそ曲がり具合も。

「普通に頼み込んだのでは白蓮殿は首を縦に振らない。そこで弟子のわたしの出番というわけですね」

「有り体に言ってしまえばそうだな」

「わかりやすくて助かります。しかし、この陽香蘭、一度手伝うと決めたからには本気で取り組ませてもらいます」

「おまえの能力も買っているよ。医道科挙で満点を取りそうになった娘という情報は摑んでいる」

「地獄耳ですね」

「友人に劉淵というものがいてね」

「東宮様とも御友人でしたか」

「腐れ縁だ。大昔、宮廷を巻き込んだ陰謀に出くわしたときに知り合った。以来、たまに酒を酌み交わす。この前も会ったが、そのとき、おまえのことをたいそう褒めていたぞ」

「……お恥ずかしいです」

「褒められるに値する実績を残してきたのだ。今回の猪頭会討伐でも協力してくれ」

「それなのですが、猪頭会とは戦わなければいけないのでしょうか？　話し合いでなんとかならないでしょうか？」

「おまえは腹を空《す》かせた獅子の前で人としての道を説けば獅子の腹が満たされると思っているのか？」

「……思っていません」

「話し合いが通用する相手ではない。それに仮に話し合いをしようにも相手の首領の所在はおろか、名前も不明だ。手打ちに持ち込むことすらできない」

「たしかに相手の組織の長《おさ》が誰であるか突き止めるのが先決ですね」

「ううむ」と唸る香蘭だが、妙案が浮かぶわけではない。

猪頭会の首領は夜王とその配下たちが血眼になって探している最重要人物だ。一年近く追っているが尻尾さえ見せない謎の人物である。そのような人物を香蘭の浅知恵であっさりと発見できるとは思えなかった。

夜王も「ううむ」と唸るが、唸ってばかりで良案が閃《ひらめ》くはずもない。夜王からもっと情報を聞き出す。

「猪頭会の連中は北方の街から流れてきた荒くれものの一味なんですよね？」

「そうだ」

「北胡の血を引くものたちでしょうか？」

「いや、ほぼ全員中原国人だ」

北方は北胡の領地であるが、中原国人と北胡人の混血はあまり進んでいない。互いにいがみ合っているし、互いの血を交わらせるのは禁忌という考えが双方にあるからだ。支配者層と非支配者層を明確に区別し、支配に活用する国は多々ある。無論、それでも上位のものによる性的な略奪はあり、望まぬ混血児は多々生まれるのだが……。

「大方、北胡の圧政に耐えかねて逃げてきた半愚連《はんぐれ》どもをかき集めて組織を作ったのだろう」

「麻薬という小汚い手法を使っていますが、首領にはカリスマ性もあるのでしょうね」

「それは認めざるを得ないな。先代が赤幇という組織を纏め上げるには一〇年の歳月が必要だった。猪頭会の首領はそれをたったの数年で成し遂げたのだ」

「そりゃあ尻尾を摑ませないはずです」

そもそも夜王とて居場所をコロコロと変えている。香蘭はここがどこかも分からないし、目の前の彼が本当の夜王であるかも定かではない。用心のため、影武者を仕立てている可能性すらあるのだ。猪頭会の手下どもは首領から伝達される命令は何重にも人を介して行われていると言っていた。猪頭会の下っ端を捕まえて拷問したところで有益な情報は得られないだろう。

「〝人〟からたどることができないということか」

香蘭は己の顎に手を添え、思考する。

「そうですね」

「では〝物〟からたどるとか」

「物？　そうです。例えばですが、犯罪組織の長ともなればなんらかの嗜好品《しこうひん》があるはず。それをたどって行けば猪頭会の首領にたどり着くのではないでしょうか？　机上の計算ではありますが」

「その考えはなかった」

夜王は素直に感嘆の表情を浮かべる。

「俺はやつらの手下を尾行させたり、拷問によって吐かせようとしていた。やつらはそれを警戒して何重にも命令系統を複雑化させた。いたちごっこが続いていたんだ。おまえの発想は考え方の根本を変えるいい示唆だ」

「ありがとうございます。思いついたことをぱっと言ってみました」

「猪頭会の首領とはいえ、人の子、飯を食えば糞も垂れる。なにかしら好みのものがあるだろう。それからたどるのはいい作戦だ」

たとえば東宮劉淵は天帝《てんてい》と呼ばれる品種の苺《いちご》を好む。冬になると毎週のように取り寄せ、頬を緩ませて舌鼓を打っていた。天帝苺は南都でも一部の農家しか栽培していない特別な苺で、納入先は宮廷と一部貴族の屋敷のみであった。

仮の話になるが、猪頭会の首領が天帝苺のような特別な嗜好品を愛していれば身元や居場所を突き止める示唆になるかもしれない。そう結論づけたが、肝心の首領の嗜好品とやらがまるで見当がつかなかった。

「うーん」

ふたりで唸るが振り出しに戻ったわけではなかった。夜王がなにかを思い出したようだ。

「そういえば花街にやつのお気に入りの女がいると聞く」

「猪頭会の首領もか」

我が師も花街が大好きでよく飲み歩いているので呆れてしまう。

「その女に接触すればなにかしらの情報が得られるかもしれない」

「その女性から直接聞くというのは駄目なのですか？」

「苦界《くがい》――、つまり花街は我々赤幇の管理下にあるわけではない。敵対はしていないが、全く違った道理で生きている連中だ」

「なるほど」

「花街に女を売ることはあるが、その後は口出ししないし、やつらも口出しさせない。それぞれに矜持《きょうじ》と信念を持ち、仕事をしている」

「だから娼妓《しょうぎ》に接触して吐かせるという真似はできない、ということですね」

「そうだ。猪頭会を潰すために花街の連中を敵に回したら本末転倒だ」

「ならば友好的に話を聞き出したらいかがですか？」

「一緒にままごとやお手玉をして仲良くなればいいのかな」

夜王は白蓮風の皮肉を言うが、聞き慣れている香蘭には暖簾《のれん》に腕押しだ。

「そのような真似はしません」

「ならば名うての女たらしを送り込んで懐柔するか？」

「そのような品のない真似はしません」

香蘭はきっぱりと撥《は》ね除《の》けると、代替案を提示する。

「白蓮殿の世界には伊曽保物語《いそぽものがたり》という童話があるそうです」

「ほう、どのような話だ？」

「北風と太陽が旅人の外套《がいとう》を脱がせようと競争するのですが、北風は強い寒風によって外套を脱がせようとするのです」

「しかしそれでは旅人は余計に外套を飛ばされまいとするのではないか」

「その通りです。一方、太陽は春の日差しの暖かさによって自主的に旅人に外套を脱がせたのです」

「なるほど、強引な手段は人の心をこわばらせてしまうということか」

「左様です」

夜王は傑物、さまざまな人生経験を積んでいる。香蘭の言葉の意味を即座に理解したようだ。

「猪頭会の首領が贔屓にしている娼妓は花街一の女と聞く。見た目だけでなく、内面もいい女なのだそうな。そんな女が易々《やすやす》と客の情報は売るまい」

「はい」

「俺たち侠客は北風のようなやり口は得意だが、太陽のようにはなれない」

「わたしもお日様になれるなど烏滸《おこ》がましいことは言えませんが、少なくともあなた方よりも有利なところがある」

「ほう、それはなんだ？」

「女だということです」

そのように纏めると夜の王は香蘭の言葉の意味を理解したようで、「はっはっは」と笑った。

「つまりおまえ自身が花街に潜り込んで件の娼妓から情報を仕入れてくるということか」

「はい。あなた方にはできないでしょう？」

「たしかにそうだ。俺たち男が女に優《まさ》っている部分は立ち小便ができることくらいだ」

侠客らしいきっぷのいい言葉で香蘭の作戦を賞賛してくれる。

「件の女がいる妓楼《ぎろう》への紹介状を書いてやることはできる」

「あとは着物代と化粧代を頂けると嬉しいです」

「それはもちろんこちらで出そう」

香蘭の母親の趣味は娘を着せ替え人形にすることなので頼ることも考えたが、さすがに花街に潜り込むための着物を買えとねだることはできない。危険であると反対されるだろう。仮に止められなかったとしても母に相談すれば使用人の順穂《じゅんほ》と共に何時間も弄ばれることは目に見えていた。時間が差し迫っているわけではないが、そのような暇があるのならば医道科挙の勉強でもしたいというのが香蘭の本音であった。

そのような理由から夜王に着物をねだったわけであるが、夜王に連れて行かれた貧民街一の着物屋は想像以上に大きかった。きらびやかで雅びやかな衣服で溢れかえっている。

南都の大路にある大店《おおだな》と同等の品揃《しなぞろ》えだった。

「仕入れ先は南都のお上品な店とは違うがね」

「……なるほど」

〝訳あり〟の商品しか置かれていないようだ。正規の問屋から仕入れたものではなく、盗品、質流れ、借金のカタ、模造品、ばった品ばかりが置かれているようだ。しかしそれでも香蘭の目から見れば十分綺麗で美しい。華やかな花街でも浮かないよう適当なものを見繕う。

ちなみに香蘭が選んだものは、質はいいそうだが、一番、流行遅れなそうな。

「聞いていた通りの娘のようだな」

苦笑を漏らす夜王。白蓮がどのように香蘭のことを話していたかは知らないが、褒めていなかったことだけは分かったので深くは突っ込まずに化粧をする。薄暗い花街の妓楼ではちょっと濃いめのほうがいいらしく、下手な化粧もなんとか見れるまでになった。

夜の街の顔役に及第点を貰った香蘭は気分良く花街に向かった。

†

花街は貧民街の真横にある。やんごとなき方々にとって都合のよくないものは一纏めにしておくほうが都合がいいということだろう。

歓楽街である花街は、お上品な貴族様や大商人様の邸宅とは離れた場所にあったほうが、彼らの住環境を守ることができるし、遊郭を指さし「あれはなあに？」と子供に問われても答えに窮せずに済むというわけだ。

古今、あらゆる国で同じであるが、花街と貧民街は社会の片隅に追いやられるようにできているのだ。そのように悟った香蘭であるが、花街は何度来ても美しかった。

街全体が牢獄《ろうごく》のように柵に囲まれているが、街の中は提灯《ちょうちん》と灯籠の明かりがきらびやかで橙色《だいだいいろ》の炎は妖艶な色気を放っていた。

（……花街に来るのは三度目だな）

一度目は夏侯門と胡備師の問題を解決したとき、二度目は休暇に旅立った白蓮を探しに来たときだ。大して時間が経っているわけではないが、郷愁を感じてしまうのはなぜだろうか。この淡い光が人の心のなにかを刺激するのはたしかだった。そう分析をしながら、夜王に手を引かれる。

「花街の遊郭は亡八衆《ぼうはちしゅう》が仕切っている」

「知っています。以前、お世話になりました」

夜王は亡八の連中とも渡り合うとは相当な肝っ玉だな、と呆れた。

「亡八衆とは孝・悌・忠・信・礼・義・廉・恥の八つの徳を失った荒くれもののことだ」

「それくらいでないと遊郭で起こる荒事には対処できないと聞きました」

「その通り。ま、だが気が悪い連中ではない」

夜王と香蘭の真横を亡八衆が通るが、彼は夜王に深々と頭を下げると、仕事に戻った。

「亡八衆にも一目置かれているのですね」

「まあな。この商売は舐《な》められたらおしまいだからな」

「有り難い。わたしは騒動体質なのでひとりで来ていたら必ず騒動に巻き込まれていました」

「俺が付き添えるのは件の遊郭までだよ。そこの店主に話はつけてある」

「潜入して件の娼妓と接触してもいいという話ですか」

「そこまで都合のいいことはできん。言ったろ、顔は利くが、俺の力は及ばないと」

「なるほど」

「便宜上、娼妓の見習いとしてしばらく店に置いてくれと話してある」

「遊郭用語で客を取れない見習いの娘のことだ。客を取れる歳まで丁稚として奉公する」

「かぶろ？」

「禿《かぶろ》ってやつだな」

「なるほど」

香蘭が複雑な表情をしていると、「嫌ならばやめてもいいぞ」と夜王は言った。

「まさかここまで来てやめるなどありえない。——ただ問題があると思って」

「問題？」

「はい。禿とはまだ初潮も来ていない子供を指す言葉でしょう？　わたしは一七歳です。禿と言い張るには少し無理があるのでは、と思いまして」

「なんだ。そんなことか。それならば気にするな、おまえは下手をすれば一二〜三にしか見えない」

そんなわけがあるか、と反論するが、一か八かと腹を決めて妓楼の店主と面接すると、彼は香蘭が一三の娘であるとあっさり信じた。

「子供を閨房《けいぼう》に上げるわけにはいかない。閨《ねや》に上がれるのはあと一年、いや、二年といったところかな」

香蘭の平らな胸を見ながら丁寧に説明までしてくれる。

（ここでもか！）

思わず叫びそうになるが、ここで怒ればお膳立てが台無しになる。香蘭は平身低頭に頭を下げると、光輝楼《こうきろう》の一員となった。禿と呼ばれる見習い娼妓として丁稚奉公をするわけであるが、見習いや丁稚奉公には慣れていた。

白蓮診療所では馬車馬のように働かされているし、宮廷でも忙しなく動き回っているからだ。

見習いの達人と言ってもいいのが陽香蘭という娘であった。

†

光輝楼は花街にある遊郭の中でも大店に分類される。大商人や貴族も使うような店である。ちなみにどこかで見た覚えがあると思ったら、白蓮が通っている妓楼のひとつだった。

白蓮は時折、診療に疲れると花街に出向いては息抜きをしている。行きつけのひとつで、白蓮捜索時にやってきたことを思い出す。となればあのとき、白蓮が贔屓にしていた娼妓と出くわすのでは、と、ひやひやしていたところ早々に廊下で出くわしてしまった。

「――あら」

見覚えがある娼妓、あのとき白蓮を膝枕していた女性がめざとく香蘭を見つけた。

びくり、と身体を震わせる香蘭。

「あらあらまあああ――」

と香蘭の足下から頭頂までをまじまじと見つめると、「くすくす」と笑った。

「白蓮診療所のお嬢ちゃんじゃない。お医者様から転職？」

勤め先から氏素性までばれてしまった――もはや開き直るしかない。

「とある娼妓と接触するために潜入しています。どうか、このことは御内密に」

「あのときも白蓮先生が楽しんでいる最中に飛び込んできたものね」

「無粋でした」

「でも理由のある無粋だったのでしょう？」

「はい。あのときは勅命が下っておりまして」

「今回も似たようなものなのでしょう。分かったわ。今回も〝無粋〟を許してあげる」

香蘭が潜入している医者であることは黙っていてくれるようだ。それどころか協力もしてくれるという。

「娼妓にも最低限の仁義があって、仲間は絶対に売らないのだけど、先生のお弟子さんならば仕方ないわね。きっと勅命よりも大事な使命を抱えているのでしょう」

白蓮の馴染《なじみ》の娼妓は一瞬で察する。さすがは白蓮の寵愛を受けるだけあり、聡明で思慮深い女性のようだ。

「ありがとうございます」

深く深く感謝をすると早速、件の娼妓について尋ねる。

「わたしは椿姫《つばきひめ》という名の娼妓と仲良くなりたいのです」

「うち一番の花魁《おいらん》じゃない」

ちなみに花魁とは娼妓の階級の最上位を指す。花魁になるとそこらの商人や貴族は相手にしない。客は国の高官や大貴族、大商人ばかり。いや、彼らでさえ花魁が気に入らなければしとねを共にすることはできなかった。中には生涯、客を取ることなく終わる花魁もいるという。白蓮いわく、「高嶺《たかね》の花として希少価値を上げる作戦」「落とせそうで落とさせない水商売の高等技術」とのことらしいが、その手の界隈に詳しくない香蘭にはよく分からない。香蘭が分かるのはどこの世界も最上位の人間に接近するのは難しいということだ。

もしも目の前の娼妓、桜姫《さくらひめ》がいなければ面会することすら難しかっただろう。桜姫の存在は有り難いことこの上なかったが、彼女の助力があるからといって椿姫から情報を得られるかは分からなかった。

香蘭は花魁が控えている間へと向かう。花魁ほどの存在になると他の娼妓とは違って個室が与えられ、そこで客が来るのを待つことになる。さらにふたりほど専属の禿がついて何不自由のない生活が約束される。

椿姫の間に入って驚いたのは書物の山だろうか。古今の名著がうずたかく積まれている。香蘭の愛読書である中原国水滸伝《すいこでん》の最新刊から、易経《えききょう》や論語《ろんご》に至る啓蒙書まですべて網羅されている。桜姫いわく、上位の花魁ともなると〝教養〟が求められるのだそうな。

「花魁の相手は上級貴族か大商人、それに朝廷の高官。白蓮殿風に言えば〝いんてりげんちゃ〟ということか」

「そういうこと。場末の酌婦ならば闘鶏やその日の天気の話でもしていれば間が持つけど、やんごとなき方々は違うの。雅《みやび》で華やかな話をしないと」

ま、弾む会話が違うだけでやることはやるのだけど、と軽く男の性を皮肉った。

「でもそれが大事なのよ。男が女に求めるのはそういうことだけではないの」

桜姫は女の先達として香蘭に助言をする。

「香蘭ちゃん、男が一番ほしいものって分かる?」

いきなりの質問に困惑してしまう。そもそもそんなことは考えたことはなかった。桜姫と自分を見比べると香蘭のほうが女性的魅力がないことは分かるのだが。特に顕著な違いを口にしてみる。

「乳の大きな女がほしいのではないでしょうか？」

香蘭と桜姫、同じ人間であり、同じ国に生まれ、同じ性を授かったが、顕著な違いは胸の大きさだった。香蘭の身体は凹凸に乏しく、桜姫のそれとは違った。桜姫の身体は同性の目から見ても女性的で魅力的で蠱惑的《こわくてき》だった。もしも来世というものがあるとしたら香蘭は彼女のような身体つきに生まれたかった。さすれば師やその友に「胸なし」などとからかわれなくて済む。そのように主張すると桜姫は小さく笑う。

「あなた、そんなこと気にしていたの？」

「そういうお年頃なのです」

「きっと白蓮先生がからかうのね」

「…………」

理由の過半を占めているので沈黙せざるを得ない。

「ならば気にしないでいいわ。先生はただあなたをからかって楽しんでいるだけ。胸の大きさで女性の価値を測るような人じゃないから」

「ならばなにを基準に女性を選んでいるのでしょうか」

「そりゃあ、ここでしょう」

と桜姫は香蘭の胸に手を添える。ただし彼女が触れたのは乳ではなく、その奥にあるものだった。

「白蓮殿が求めているのは心ということでしょうか」

「そうね。先生だけでなく、大体の男はそうよ。もちろん、男は女を見た目で判断する軽薄な生き物だけど、自分の伴侶となる女は心清い人であってほしいと思っているのよ」

「…………」

「男が欲する女を一言で言い表せば、〝自分を理解してくれる人〟ね」

「自分を理解してくれる人？」

「男って馬鹿でしょう？」

「…………」

そのような同意を求められても返答に窮してしまう。

「いい歳になっても玩具《おもちゃ》のようなものを収集したり、何日もお風呂にも入らずひとつのことに没頭したり、何度も同じ失敗を繰り返したり、私たち女から見れば馬鹿そのものでしょう」

「たしかにそれはあるかも……」

「そういう馬鹿な情熱を理解してくれる女性を欲しているのよ、男という生き物は」

「含蓄のある御言葉です」

もっとも身近な夫婦である両親を思い出す。母親はたしかに華美で贅沢《ぜいたく》なものを好むが、冷静に考えれば父親のほうが放蕩者《ほうとうもの》だ。時折、困窮者に無償で医療を施したりするし、友人に多額の金を貸したりする。しかも無担保で。我が家の財政を一番圧迫しているのは父であった。しかし、母はそんな父に嫌みどころか小言ひとつ言わず付き従っている。母はお世辞にも美人とは言えないが、父はそんな母の性格や心意気をこよなく愛していることは明白であった。

「たしかに男は常に理解者を求めているのかもしれません」

香蘭が桜姫の正しさを認めると、彼女はにこりと微笑んで、

「よろしい」

椿姫の部屋まで案内してくれた。

桜姫はそっと襖《ふすま》に寄ると小鳥の囀《さえず》りのような声量で囁いた。

「――椿姫の姐《ねえ》さん、お時間よろしいでしょうか」

丁寧な上に遠慮がちな物言いである。桜姫と椿姫の間にはそれくらいの身分差があるのだろう。ただ、椿姫は偉ぶることはなく、

「よろしゅう」

と返答した。その言葉を聞いた桜姫はすうっと襖を開けると丁重に頭を下げた。

「椿姐さん、ひとつお願いしたいことがありまして」

「桜がお願いだなんて珍しいねえ」

襖の奥にいた絶世の美女、椿姫は煙草入れに備え付けられた灰皿にぽんぽんと煙管を叩いた。ほろりと煙草の灰がこぼれ落ちる。

煙草をふかす所作から灰を落とす動作まで澱《よど》みなく洗練されている。雅にして華やか、さすがは光輝楼一の花魁と見惚《みと》れていると桜姫は説明を始めた。

「この娘は香姫《こうひめ》といって今日入ったばかりの禿なんです。どうか姐さんの側に置いてあげてくれませんか」

「禿ならば間に合っているけど？」

椿姫の後方には市松人形のように髪を切り揃えた少女がふたり控えていた。どちらもとても器量が良く、躾《しつけ》もしっかりとされていそうで香蘭が付け入る隙などなさそうだ。

しかし桜姫は粘ってくれる。

「光輝楼一の花魁の禿がふたりだけなんてありえませんよ。どうか、もうひとりお側に」

その言葉にふたりの禿はむすっとする。「あちきたちの仕事ぶりに問題があるのでしょうか」とお冠である。桜姫はその反応も予想していたようで童女たちを諭す。

「まさか、あんたたちの働きぶりはよく知っているよ。だからこそこの子を任せたいんだよ」

「というと？」

「この子を姐さんやこの子たちの元で育ててもらって、私の禿にしたいんですよ。姐さんや禿たちの振る舞いを見ればこの子も成長するでしょう」

　椿姫の禿たちに諭すように言う。その言葉で彼女たちの自尊心は満たされたようだ。椿姫も椿姫で、

「面白そうな娘でありんすね」

　と香蘭、もとい香姫に興味を示してくれた。

「ならば話は決まりだね。私は馴染の相手をしないといけないからこの子は置いていきますね」

　桜姫はそのような理由を述べるが、どうやら本当に馴染を待たせているようでそそくさと立ち去っていってしまった。途中、軽く振り返り片目を瞑《つぶ》ったのはあとは自分でなんとかして、ということだろう。もちろん、そのつもりだ。香蘭は目の前にいる禿たちのような童女ではない。見た目は童女に近いかもしれないが、身体は大人であり、頭脳も大人なのである。椿姫にお近づきになれただけでも僥倖《ぎょうこう》であった。そのように身を引き締めていると椿花魁は気だるそうに言った。

「あんた、香姫だったたっけ」

「そ、そうです」

　緊張を隠せない香蘭。

「あんまり身構えなさんな。別に取って食ったりしないから」

「それはありがたいです。わたしはたぶん、不味いですから」

「へえ、どうしてだい？」

「あまり肉がなく、皮と筋ばかりだからです」

「たしかに痩せっぽっちだねえ」

「はい。幼き頃から両親によく叱られてきました。おまえは食が細いうえに食事中まで本を読んでいる。だからそんな小柄になったのだ、と」

「ふふふ、そうなんだい。あんたは食べ物に苦労しなかったんだね」

「と申しますと？」

「食べ物に困っている家の娘はそんな食べ方はしないから」

「あ……」

思わず間抜けな声を漏らしてしまう。そうだった。香蘭は遊郭に売られてきた貧乏人の娘という設定であった。貧乏人がそんな馬鹿なものの食べ方などするわけがない。

「あ、ええと、ちょっと変わった子だったのです。頭が足りなかったのかな」

えへへ、と頭を掻くが、椿姫は詰まらなそうに「ふうん」と言った。

（──あぶない）

香蘭は肝を冷やしたが、椿姫はそれ以上、関心を示さなかった。些事は禿に聞いて頂戴、と言い残し昼寝を始めた。花魁ともなればそうそう客は取らないようで、時間を持て余すようだ。

以後、香蘭は先輩禿たちの指導のもと、一週間ほど禿見習いを務めるが、その間椿花魁が客を取ったのはたったの二回だった。その客も香蘭が宮廷で見かけるような高官たちで、遊び方も粋でいなせだった。大枚をはたいて花魁と会っているというのに、そういう行為はせず、花魁に酌をさせて静かに酒を飲むだけであった。

（――不思議な世界だ）

そのような感想を抱くが、社会勉強をするためにここにやってきたのではない。香蘭は赤幇に仇《あだ》なす猪頭会の首領の情報を得るためにやってきたのだ。当初の目的を思い出した香蘭はまずは禿たちを手懐《てなず》けることにする。懐から小瓶を取り出したのだ。

「先輩方、お近づきの印を持ってきました。どうかお納めください」

「なんじゃ、これは？」

ふたりの禿は双生児のように同時に首を傾《かし》げる。

「香水です」

「香水？」

「読んで字の如くですよ」

「そんなものはいらん。あちきたちにはこれがある」

彼女たちはそう主張すると、懐から小袋を取り出す。匂い袋だ。

匂い袋とは娼妓たちが携帯している消臭剤のようなものだ。布袋の中に白檀《びゃくだん》、丁字《ちょうじ》、桂皮《けいひ》、龍脳《りゅうのう》、大茴香《だいういきょう》などを入れて香りを振りまく。下っ端の娼妓たちは数で稼ぐため、風呂に入る間もなく客を取ることがある。その際、体臭を誤魔化すために発達したものだが、上級の娼妓たちも好んで使う。古来より美人とは良い匂いがするものなのである。

ただ、昔ながらの匂い袋は香りは良いが変化がない。押《お》し並《な》べて右記のような材料を使うため、皆、同じような匂いになってしまうのだ。

そこで香蘭が持ってきたのが、香水であった。この香水は檸檬《れもん》や茉莉花《まつりか》などの花を煮詰めて作ったものだ。とても良い香りがすると童女たちを手招きし、彼女たちの手首に振り掛ける。彼女たちは、「わあ」と表情を輝かせた。

芳《かぐわ》しい匂いにときめかない女など存在しない。童女たちとて例外ではなかった。

「すごくいい匂い」

「椿花魁よりもいい香りがするかも」

すべての禿、娼妓が目指すは花魁、政治家に喩《たと》えれば大臣のようなもの。これさえあればその地位に近づけるかもしれないと思った禿たちは「おくれおくれ」と騒ぎ始める。

香蘭は惜しみなく香水を渡すが、一抹の罪悪感を抱いた。

物で手懐けるのも姑息《こそく》ではあるが、それ以上にこの香水の原材料にも罪悪感を覚えたのだ。ちなみにこの香水は白蓮が妓楼の娼妓たちに配るために精製したものであるが、果物や花以外にも色々なものが混じっている。なんとこの香水には動物の排泄物も混じっているのだ。

(……マッコウクジラの腸結石、それとジャコウネコの糞も混じっているのだよな)

なんでも香水作りとは難しいもので、小綺麗でいい香りだけを抽出すればいいというわけではないらしい。雑味となる香りも加えることによって本物の香水《パフューム》になるということであった。白蓮の世界では詩屋寝流と呼ばれる有名な香水にもこれらの成分が含まれているとのこと。

(……ま、知らぬが仏という言葉もある)

無邪気に喜ぶ童女たちの気分を害する必要もなかったので、詳細な成分表は秘めながら香蘭は尋ねた。

「椿花魁の馴染のひとりに猪頭会って俠客の親分がいるっていうのは本当なのかな」

さりげない質問であったし、香水に夢中な童女たちは口を滑らせてくれる。

「ああ、留角《るかく》さんのことだね」

(猪頭会の首領は留角というのか……)

赤帮がどんなに嗅ぎ回っても摑めなかった猪頭会の首領の名がこうもあっさりと手に入るとは。有り難いことではあるが、あっさりしすぎて拍子抜けである。そのように思ったが、それ以上の情報は得られない。童女たちの口が堅いからではない。元からたいした情報を持っていないのだ。

(この童女たちが接客しているわけではないしな。断片的な情報しか得られなくて当然か)

いわく、留角は痩身だが高身長のすごみのある男。碧眼《へきがん》を持つ異民族。無口な偉丈夫。そんな特徴しか聞き出せなかった。香蘭が知りたいのはそのような情報ではなく、なにが好きで、どこに潜伏しているかであった。

童女たちからの聞き込みを終えると、狙いを椿姫に変えるが、彼女は香水では買収できそうになかった。彼女の髪結いや入浴を手伝えば分かるが、彼女自体が香木のようにいい香りを発する。天然でこのような匂いを発するとはさすが花街一の花魁である。

買収を無益と悟った香蘭は思い切って椿姫に直接、留角のことを尋ねてみた。

「猪頭会の留角さんとはどのような人物なのでしょうか?」

その問いに椿姫は端的に答えた。

「——悲しい人、でありんすかねえ」

椿姫はそう言い切るとどこか遠い目で天井の隅を見つめた。

「悲しい人——」

どういった意味なのだろうか、と疑問に思った香蘭は単刀直入に尋ねる。

「わたしは留角さんの正体を探るためにこの遊郭に紛れ込みました。理由は貧民街で麻薬を売り捌く猪頭会を潰すためです」

香蘭が正直に話したのは椿花魁に嘘は通用しないと思ったからだ。一週間ほど一緒に暮らして分かったが、椿姫は花魁に上り詰めるだけあって、聡明な女性だった。ほんの小さな機微から相手の人となりを把握し、どんな小さな偽りも見逃さない。そして香蘭が何かしらの情報を集めるために遊郭に潜入していることなど最初から見抜いていただろう。だからこそ正直に事情を告げるべきだと考えた。

案の定、椿花魁はとくに驚く表情は見せずに、

「やっぱりそうだと思った。自由に本を読める貧乏人なんて聞いたことがない。あんた、嘘が下手だねえ」

と笑いながら感想を述べた。

「面目ない」

「無論、零落した貴族の娘が売られてくることもあるけど、それにしては生き生きしてる」

「全部お見通しだったということですね。しかしならばなぜ、わたしを遠ざけなかったのです？」

「遠ざけたって石にかじりついてでも探りを入れてきそうだったから」

「その通りです。娼妓が顧客の情報を売るのは御法度だと知っています。しかし先ほど申し上げたとおり、麻薬を貧民街にはびこらせるわけにはいかないのです」

「そう、留角はそんなものに手を出しているのね」

「はい。ですのでどうかご協力を。何度も言いますが、客の情報を売るのは——」

「いいわ」

香蘭の言葉を途中で遮るように承諾の言葉を発した椿姫。その言葉には一片の卑しさも虚言も含まれていなかった。確固たる信念が込められているように思われた。言葉を貰った香蘭のほうが、「え……」と呆《ほう》けた表情をしてしまう。

「なぜそんな顔をしているの？　あなたは留角の情報を集めに来たのでしょう」

「はい。ですが、あなたからこんなにあっさりと聞き出せるとは思っていなかった——理由を聞いてもいいでしょうか？」

「理由なんてないわ。強いて言えば留角が悲しい人だからかしら」

「悲しい人？」

「そう。彼の青い瞳には底知れぬ悲しみがある。決して癒やされぬ深い悲しみをたたえている。あちきはそれを癒やしてあげようと頑張ったのだけど、無理だった。あちき如きにあの人の悲しみを癒やしてあげることはできないと悟ったの」

「わたしにならそれができると？」

「さあ、それは分からない。でも、あの人がこれ以上悲しむのを阻止できるかもしれない、そう思った」

「これ以上、罪は重ねさせません。できれば穏当に話し合いで決着をつけたい」

「それは無理でしょう。あの人の憎悪はそんなものでは止められない。生か死か、命の取り合いでしか決着しないわ」

「つまりわたしに情報を教えることによって、赤幇と猪頭会は全面的な抗争に発展すると」

「違うわね。夜王と留角が命の取り合いをすることになる」

「夜王と留角が……」

「あのふたりは戦う宿命にあるの。命を奪い合う定めにあるの」

椿姫はそのように断言すると、夜王と留角の因縁について語り始めた。

「あのふたりは幼なじみなのよ」

「…………」

驚愕の事実であるが、香蘭は沈黙によって椿姫の次の言葉を待った。それが礼節のような気がしたからだ。

†

中原国の田舎町、そこに三人の若者が住んでいた。

若者のひとりは留角、後に猪頭会という犯罪組織の首領となる男。

もうひとりの若者は雷廉《らいれん》、後に赤幇という組織の長となり、夜王と呼ばれることになる男。

そして最後のひとりは留角の妹、留砂《るさ》であった。

三人は生まれた日と場所こそ違ったが、三つ子のように仲睦《なかむつ》まじかった。互いに恵まれぬ家庭に生まれ落ちたが、それを感じさせないほど心が豊かな人間に育った。

雷家は麦を育てる農家で、留家は米を育てる農家であった。豊作のときは互いに麦と米を分かち合った。不作のときはより大量に分かち合った。なぜならば不作のときのほうが互いに困窮していると知っていたからだ。だから僅かでも余裕のあるほうがより多く与えた。

雷家と留家は貧しい農家であったが、困窮したときこそ助けることが重要だと知っていたのである。どれほど貧しくとも隣人を愛することができる人間であれという教えが両家には浸透していたのである。

そのような家に生まれ育った三人は、それこそ魂を分け与えた兄弟のように育った。我ら三人、生まれたときこそ違え、同年同日同時刻に死せん、そのような誓いこそ立てなかったが、三人はそれに準じる思いを抱きながら、同じ時を過ごした。幼年期という掛け替えのない時間を共にした。

しかし、三人は青い春を迎えると気が付く。自分たちの性が違うことに。

留角と雷廉は男であったが、留角の妹である留砂は女であったのだ。三人は思春期になるとそのことを意識し始める。それが互いの関係に変化をもたらすことになる。

ある日、留角と雷廉は殴り合いの喧嘩をした。元来、喧嘩っぱやいふたりであるが、殴り合いの喧嘩に発展したのは幼児期以来であろうか。互いに共闘して田舎町の不良と対峙《たいじ》することはあっても、感情的になって殴り合いをすることはなかった。

ふたりは小一時間ほど河原で殴り合っていた。互いの実力が拮抗《きっこう》していたので勝負がつかない。もはや互いの顔は腫れ上がり、見るも無惨に……。田舎町の娘たちから王族のように整った顔立ちと吐息を漏らされる美形が台無しである。しかし、ふたりはそれでも喧嘩をやめなかった。最後のほうに至っては自分たちが〝なぜ〟殴り合いの喧嘩をしているか忘れるほどであった。互いにその愚行に気が付いたふたりは、矛を収め、河原の茂みに寝そべり、笑い声を上げた。

「はっはっは――」

ひとしきり笑うとふたりは大地から青空を見上げ、血の混じった唾を吐き合った。互いに一本ずつ、歯が折れていた。

「俺たちは馬鹿者だな」

「親と歯だけは大切にしろ、という格言を忘れていた」

ありふれた警句を口にして互いに反省する。特に最初に突っかかった雷廉は深く謝罪をする。

「つまらぬことにケチをつけた。――すまなかった」

その潔い態度、なんのわだかまりもない表情に、留角は素直に感銘を受ける。

「――いや、俺のほうが悪かった。了見が狭かった」

留角も詫びると雷廉も「俺のほうが」留角も「いや、俺が」と重なる。それでまた喧嘩になる――ことはなく、正直に事情を話すのがふたりが後に一廉《ひとかど》の人物となる所以だろう。ふたりは再び「ははっ」と笑うと留角から喧嘩の原因となった妹のことを切り出した。単刀直入に。

「妹の砂はおまえを愛している」

「砂が……」

信じられない、とは続かない。実の妹のように慈しんできた砂であるが、最近の彼女の態度は明らかにおかしかった。雷廉の顔を見ると頬を染め上げる。まともに目を見ることさえしないことがある。かといえば急に怒り出したり、情緒不安定なところも見られた。

「そうか、砂は俺のことを好いているのか」

「どうだ。夫婦《めおと》になってくれないか？」

「町一番の不良の俺が嫁を？」

ありえないと雷廉はかぶりを振るが、留角は、

「おまえは〝二番目〟だ」

と戯《おど》けて見せる。自分のほうが上だと言っているわけであるが、腹は立たない。目くそ鼻くそ、五十歩百歩だと思っているからだ。

「俺らみたいなならずもの予備軍は嫁など貰っちゃいけないんだ。砂はいいところに嫁にやりたい」

「俺もそう思ってる」

実はふたりは砂のため、貯金をしていた。多少なりともまともな家に嫁に出すため、持参金を貯《た》めていたのだ。ふたりは砂を愛しており、幸せな人生を歩んでほしいと思っていた。

「俺たちみたいな義俠を夢見るろくでなしに嫁いでもいいことはない。それは知ってい

る。しかし、愛してもいない男のもとへ嫁ぐことは幸せなのだろうか？」

「幸せに決まっているだろう。飢えて死ぬよりましだ。やくざものの女房と蔑まれるよりはましだ」

「俺も最初はそう思った。しかし、こうも思うのだ。人生は一度しかない。死の間際、側に寄り添うものが愛してもいない男だったとき、砂は幸せなのだろうか、と」

「一般論で俺を惑わすな」

「そうだ。一般論だ。俺たちは義俠を目指すろくでなしだ。おそらく、天寿は全うできないだろう」

「今日初めて意見が一致した」

「だからこそ砂を託す相手を慎重に選びたいのだ。実は妹とも相談した。あいつは慎み深い性格だから、兄上のご自由にと言った。ただ、おまえの名前を出したら花がほころぶような笑顔を浮かべてな」

「…………」

「留家の人々はなんと言っているんだ」

「おまえと同じことを言っていたよ。砂はいいところへ嫁にやりたいと」

「だろう。それが一番だ」

「これ以上は水掛け論になるからなにも言わない。砂の将来は大事だが、急ぐことはない。あいつはまだ一三だからな」

だが、と留角は念を押す。

「俺はおまえと本当の兄弟になりたいと思っている。あいつはおまえの子を産みたがっている。それだけは頭の片隅に置いておいてくれ」

「――ああ、分かった。この空っぽの頭に刻み込んでおくよ」

大事を先延ばしするために言った言葉であったが、ふたりは終生、その言葉を忘れなかった。


椿姫の昔語りを真剣な表情で聞く香蘭。猪頭会の留角と夜王がそのような関係だったとは夢にも思っていなかった。

今や貧民街を牛耳るふたりの男が同じ町に生まれ、義兄弟のように生きてきた事実は衝撃的であった。ふたりの侠客の長の人生がそのような形で交差しているなど夢にも思わなかったのだ。

香蘭は考察せずにはいられない。運命というものは人を引き合わせるものなのだろうか。東宮と白蓮が出会ってしまったように、岳配と霍星雲が出会ってしまったように、英傑は英傑を互いに引き寄せる定めがあるのではなかろうか、そんな運命論を感じてしまったのだ。

天の配剤の妙、天命を感じた香蘭であるが、気になることがあったので尋ねる。

「そのような心を通わせ合った義兄弟が、なぜ、対立しているのでしょう。もしかして互いに自分たちが幼なじみであると気付いていないのでしょうか?」

「まさか。留角はそこまで愚かものではないわ。赤幇の長が雷廉であることは承知済み。猪頭会の首領が留角であることに、雷廉が気付いているかは知らないけど」

「知らない——はずです」

断言できないのは雷廉が頭のきれる人物だからだ。猪頭会の首領が留角であると知った上で香蘭を花街に潜入させた可能性もある。なにせ雷廉はあの白蓮が一目置く男なのだ。

「どちらにしてもそのような義兄弟が血みどろの抗争をするなど馬鹿げています」

「あちきもそう思う」

「なんとかして止めたいです」

「それは無理でありんすね」

「なぜでしょうか?」

香蘭の問いに椿姫は直接答えない。淡々と続きを語るだけであった。

それから数年、雷廉と留角はがむしゃらに働き続けた。町の有力な侠客の手下となり、のし上がる機会を窺った。父や母のように小さな田畑を耕すだけでは一生、貧しいままだと思ったからだ。それにふたりは生まれながらの俠客気質だった。強きものに反抗し、弱者には慈悲をかける。曲がったことが大嫌いで、高圧的に右を向けと言われたら損を承知で左を向く。また腕っ節も強く、強気で度胸もある。このように、俠客として出世をして行くにはこれ以上ない資質を備えていた雷廉と留角はあっという間に頭角を現した。数年後には町でふたりの名前を知らぬものはいないと言われるほどの義俠となる。そして転機がやってくる。町一番の親分と謳《うた》われていた老俠客に死期が迫ったのだ。彼は病に倒れるとふたりの前途ある若者に後事を託そうとした。

いわく、優秀なほうをわしの後継者にする――と。

その言葉を聞いた親分の手下たちは色めき立つ。老俠客の死は誰しもが予期していたことであるが、後継者はその息子だと思われていたからだ。雷廉と留角でさえそのように思っていたのだから仕方ないことであるが、さらに言えば雷廉と留角の上には先達が何人もいた。そんな中、まだ二〇に満たぬ若者が抜擢されるのは異例であった。

ただ、老俠客が惚《ぼ》けたというもの、正気を失ったというものは皆無であった。異例中の異例の抜擢ではあるが、納得できない人事ではなかったからだ。

若さという枷《かせ》があり、経験は不足していたが、雷廉と留角の才能は町の俠客たちに知れ渡っていた。その能力に疑いを持つものはおらず、しかるべき人物が後見人となれば、組織を発展させてくれるという確信があったのだろう。

仮に老侠客の遺言に問題があるとすれば、後継者を〝明確〟に定めなかったことである。古今、あらゆる組織、あらゆる王朝は、〝後継者〟争いの末、崩壊した。

——ひとつとして例外はない。

香蘭は過去、そのように断言した人物を思い出す。師の白蓮である。彼は古今あらゆる王朝の最後を例に挙げる。

「後継者問題はあらゆる世界、あらゆる国で一番の問題だ。名君が築き上げた遺産を暗君が数年で食い潰すなど日常茶飯事だった」

例えば、と続く。

「始皇帝《しこうてい》と呼ばれる男は、順当に長男を後継者にしようとしたが、彼の宦官《かんがん》と宰相がそれを許さなかった。遺書を偽造してまで〝無能〟な末子を後継者とし、長男を殺し、無能な次男を陰で操った。結果、史上初の中華帝国は二代で潰《つい》えた。時は移って三国の時代、袁家《えんけ》と呼ばれる名家は他家を圧倒する実力を持っていたが、後継者が二つの派閥に分かれ、内乱を起こして滅んだ。敵が目前に迫っても兄弟争いをしていたそうだよ。その袁家を倒して河北《かほく》を支配した曹家《そうけ》も数代後、凡愚な後継者を選んでしまったがゆえに滅んだ。その宿敵である劉家《りゅうけ》も孫家《そんけ》も同じく暗愚な後継者によって滅んだ」

白蓮は感慨深げに言う。

「日本という国は珍しく王朝が滅んだことがない国だが、時の権力者は皆、後継者選びに失敗して滅んだ。農民から天下人になった猿と呼ばれた男は、実子――だと思い込んだものに跡を継がせるため、甥《おい》とその一族全員を殺した。その中にはその甥に嫁いで間もない一六歳の娘もいた。結果、人心を失い、その天下人の家は二代で潰えた」

他にも後継者選びに失敗して滅びた国は枚挙にいとまがないという。無論、各国の権力者たちは歴史に学び、そのことをよく知っていたから、それぞれ独自の後継者選定哲学を実践した。古代にヘレニズム文化を広め、世界の過半を手に入れた男、アレクサンドロスは死の間際、後継者を問われ、『最も強きものに』と言い残した。結果、大帝国は四つに分割統治された。それなりに命脈を保った国、即座に滅んだ国に分かれたが、いずれにしろ今ではその残滓《ざんし》も残っていない。古代地中海世界の覇者ローマは共和政から帝政に移行したが、後継者は血族にこだわらなかった。優秀なものならば皇帝の養子となり、広大な帝国を統治した。しかし、それゆえに皇帝の権力は安定せず、ローマの皇帝になったものの最期は、暗殺されるか戦死するかのどちらかだった。無事、天寿を全うできた皇帝は二割にも満たなかった」

あるいは、と続ける。

「史上最大の帝国を築き上げた遊牧民の国家は、末の子供が家を相続した。男子は成人すると父親から家畜と家財が分け与えられて独立し、最後に家に残った末子が残った財産と先祖の霊を守る権利を得た。末子相続というやつだ。一見、合理的に見えるこの制度もやはり欠陥があり、兄と弟たちが争い、帝国は崩壊した」

逆に、と白蓮は言う。

「兄弟平等に田畑を分け与えていた国もあった。一見、平等でなんの遺恨もないように思えるが、土地は無限に湧くものではない。何世代かすれば子孫の数は鼠算式に増えていく。結果、その制度を採用したものたちは滅んだ」

白蓮は無数に例を挙げる。

「籤引き《くじび》で後継者を決めた王もいる。神託によって決める国もある。それぞれの血統の王を交互に選んだ王朝もある。後継者を家臣には告げず、〝太子密建法《たいしみつけんほう》〟といって指名者を書いた遺言を櫃《はこ》の中に隠し、死後、公表していた王朝もあった」

白蓮はそこで一拍置くと結論を纏める。

「様々な王朝、集団が知恵を絞って最良の〝後継者選び〟を考え出したが、どれも長くて二〜三〇〇年しか持たなかった。どんなに知恵を絞っても暗愚なものが指導者になるのは避けられない、ということだな」

香蘭はそのとき、師に尋ねた。

「最良の後継者選定方法というものは存在しないのでしょうか」と。

師は「さてね」と言った後に真理を言い放つ。

「人間にはその知恵がないだけで存在するのかもしれないが、俺が知っていることは〝ひとつ〟だけだ」

香蘭が固唾をのんで見守ると、師は勿体《もったい》ぶることなく言った。

「後継者を明確に定めなかった集団は、必ず〝報い〟を受ける」

歴史上、ひとつたりとも例外はない、と白蓮は言い切った。

「雷廉と留角に後事を託した老侠客は愚かなことをしたのだろうか」

香蘭がぼそりとつぶやくと椿姫は首を縦に振って肯定した。

「結果だけ見るとそういうことになりんすね」

椿姫は老侠客の遺《のこ》した組織とふたりの若者のその後を語る。

老侠客に組織を託された雷廉と留角、ふたりは歴史上の人物と同じ過ちを犯さなかった。歴史上の人物たちのように争い合わなかったのである。通常、後継者の座がちらつけば同格のものたちは争いを始める。どちらがより優秀か、どちらが上に立つ器量があるか、競い始めるのだが、ふたりはそのような愚挙には及ばなかった。

雷廉と留角は老侠客に後事を託されたその日、賽子《サイコロ》を振ったのである。

「賽子を振った？」

眉をひそめる香蘭に椿姫はおかしげに言う。

「そう。ふたりは賽《さい》の目《め》でどちらが後継者になるか決めることにした」

「そんな馬鹿げた方法で決めたのですか？」

「そうかしら？　あちきには賢者のように思えるけど」

事実であった。雷廉と留角は自分たちの能力に大きな差がないと知っていた。どちらが後継者になってもそれぞれの持ち味で組織を発展させ、構成員たちを養っていけると分かっていたのだ。ここで詰まらぬ意地を張ってどちらが上かを決めるよりも賽の目で組織の長を決め、もう一方がそれを支えるほうが何倍も有益であると悟っていたのだ。

雷廉がふたつの賽子を投げ、留角が偶数と言うと、賽の目は一と四が出た。奇数である。つまり雷廉が組織の長となり、留角がそれを支える立場となったのだ。

「なんともまあ面白い決め方だ」

「そうね」

「どのような形であれ、争いなく決まるのはいいことですが、ふたりになんの不和もないとなると猪頭会と赤幇の抗争に繋がらない」

「いいところに気が付くわねえ。そう。ここから話が繋がるの」

ここからが本題、と椿姫は煙草箱に煙管を置くと、神妙な面持ちで言った。

「雷廉と留角は賢者だった。歴史上の偉人たちよりも」

互いに権力の座を奪い合い、組織を弱体化させるような真似はせず、天運によって後継者を定めた。

長になったほうは偉ぶることなく友を慈しみ、参謀になったほうは捻《ひね》くれることなく、友を支えた。その仲睦まじさは比翼の鳥に喩えてもいいだろう。片方にしか翼を持たない夫婦の鳥、互いに支え合いながらしか空を飛べない伝説の怪鳥、ふたりの仲は水魚の交わりよりも濃く、刎頸《ふんけい》の交わりよりも熱かった。互いに互いを必要とする理想的な関係と組織を築き上げ、老俠客から受け継いだ組織を何倍にも大きくした。

──だが、その組織は崩壊した。それが今日《こんにち》の赤幇と猪頭会の争いに繫がっているのだが、その崩壊の要因はふたりには関係ないところにあった。椿姫は断言する。

「やはり問題があったとすればそれは老俠客のほうだわ」

老俠客は雷廉と留角が組織を継ぐに相応《ふさわ》しい才能を持ち、互いに協力する知恵を持っていることを見抜いていた。慧眼の持ち主であるが、赤の他人の器量を見抜く目は持っていても、自分の子を育てる力に欠いていた。我が子の教育には無関心だったのである。

椿姫はここで初めて雷廉と留角の仲を裂いた人物、かつて彼らが所属していた組織を崩壊に導いた人物の名を挙げる。その名は延宝《えんぽう》。老俠客の実子だった。

「延宝──」

禍々《まがまが》しい名を口にする。

「そう。老俠客には実の子供がいたの」

「実子がいながら雷廉殿と留角を後継者に指名したのですか？」

「そうね。でも俠客の世界では珍しくないことよ」

俠客の世界は完全実力主義、血筋や経歴は一切問われない。逆に言えば親分の子供でも跡目を継げないことなどよくあることであった。弱肉強食だが、限りなく公平なのが俠客の世界である。

しかし、それに異議を唱えたのが老俠客の一人息子である延宝であった。彼は雷廉と留角が引き継いだ組織は自分のものであると主張した。

「親父が興した赤幇はそのひとり息子である俺が継ぐのが筋というもの。何処《どこ》の馬の骨とも分からない若造が継ぐなど納得できない」

言い分としては一理あった。この中原国にも長子相続の原則がある。儒教と呼ばれる教えでは家督や家業は長子相続が基本であった。彼はこの国の常識に則って、正当な権利を主張しているに過ぎなかった。──少なくとも本人はそのように思っていたようで、老俠客が死亡すると赤幇の長の座は自分のものであると主張し始めた。

無論、そのような主張が受け入れられるわけがない。繰り返すが俠客の世界は弱肉強食が基本、長の座は実力によって勝ち取らなければいけないのだ。

　赤幇という侠客集団を引き継ぎ、適切に運営し、巨大化させたのは間違いなく雷廉と留角の功績であった。田舎町の弱小侠客集団であった赤幇を南都まで進出させた功績を無視できるものなど誰もいない。ふたりは弱冠二〇にして侠客界隈の伝説となっていたのである。

　そうなれば延宝の血統主義的な主張などなにも役に立たない。赤幇の長の禅譲を迫った延宝は当然の如く返り討ちに遭った。雷廉と決闘をし、散々に打ち負かされたのである。人間としての器量はもちろん、武勇も足下にも及ばなかったのだ。

　だがこれに懲りず、延宝は個人ではかなわないと悟ると徒党を組む。町のごろつきやならずものを集めると集団戦を挑んできた。これも雷廉があっという間に鎮圧する。

　亡父の遺産を使って三〇〇人前後の人間を集めた延宝だが、大軍の長所をまったく生かせなかったのだ。ならずものやごろつきは腕っ節に自信があっても統制が取れていない。また知略に乏しいものが多い。雷廉と留角はそこを突き、たった三〇名の部下で三〇〇人のならずものを手玉に取った。

　まずはならずものたちに偽の情報を摑ませる。南都の郊外の庵に少人数の護衛と滞在しているという偽情報を流したのだ。まんまとそこにおびき出された三〇〇人のならずものたちはなんの疑問も持たず〝誰も居ない〟庵を襲撃する。もぬけの殻だった庵を見て初めて自分たちが騙されていたことに気が付くならずものたちであるが、もはや後の祭りであった。

俺は狭隘《きょうあい》な窪地《くぼち》にあり、あたりを草原に囲まれていた。さらに言えば季節は冬であった。ここ数日、雨は降っていない。となれば空気は乾燥しており、古典的な計略を用いる条件は整っていた。雷廉は部下に命じて草原に火を放たせる。あっという間に燃え上がる燎原《りょうげん》の火。ならずものたちは獣のように逃げ惑う。このままでは死んでしまう。そう本能に突き動かされたならずものたちであるが、彼らは一ヶ所だけ炎が上がっていない箇所を見つける。天運は我らを見捨てなかったとばかりにそこに殺到するが、それこそが雷廉の真の狙いであった。〝わざと〟火を放たなかった箇所にあらかじめ落とし穴を掘っていたのである。

三〇〇名のならずものたちの過半は穴に落ちる。なんとか落下を免れたものたちもすでに戦意を喪失しており、攻撃を加えるまでもなく、武器を捨て投降した。ただひとり、延宝だけは諦めが悪く、少数の部下たちと抗戦したが、百戦錬磨の雷廉の部下の前では児戯のような抵抗だった。あっという間に延宝ひとりになると、雷廉は彼の首に青竜刀を突きつける。

「これでおしまいだ。この無益な戦いも。おまえの命も」

「く、くそう。おまえたちは恥ずかしくないのか。俺は先代の息子だぞ。赤幇は俺のものだ。おまえたちがやったことは簒奪《さんだつ》だ。道義という言葉を知らないのか」

「おまえからだけは道義という言葉を聞きたくないね。血統だけを誇り、部下の命を軽んじ、無益な戦いで多くの人間を殺した」

「うるさい！　赤幇は俺様のものなんだよ！」

「それが遺言か？　金子をくれれば墓碑銘に刻んでやってもいいぞ」

青竜刀の柄《つか》に力を加える雷廉。

「ひいぃ、死にたくねえ。俺様はまだ死にたくない！」

幼児のように情けない声を上げ、身を丸める延宝。人間、危機に瀕すと本性が見えると言うが、この男の本質は幼児なのだろう。先代の言葉を思い出す。

「おれにはひとり息子がいる。おれが稼いだ金で遊ぶだけの馬鹿息子だ。とんでもねえ、どら息子のあほうだ。だがな、そんな息子でも息子であることには変わりねえ。やっとこさ女房が産んでくれた〝宝物〟なんだ」

だから延宝と名付けた。かつて一度だけそのどら息子のことに触れた先代の言葉が脳裏に蘇《よみがえ》る。雷廉の青竜刀に迷いが生じる。ここでこの刀を振り下ろすのは簡単だ。一番後腐れがなく、誰もが納得する方法であった。ここでこいつを殺さなければ、必ず災いを呼ぶだろう。自分たちに刃向かったものを許せば、後日、別のものがまた刃向かってくる。こいつらは〝甘ちゃん〟であり、反乱を起こしてもなんの咎もないぞ、という風聞が広まれば、舐められるようになる。

この商売は舐められたらおしまいなのだ。誰も言うことを聞かなくなる。それに今回の戦闘では部下の被害は最小限で済んだが、それでも命を落としたものが何人かいた。彼らの家族縁者のことを思うと到底、この男を許すことができなかった。雷廉は無言で青竜刀を——振り下ろさなかった。吐き捨てるように延宝に言い放つ。

「先代は赤幇の仏とあだ名された方だった。俺はその器量に遠く及ばない。だから二度までは許してやる」

「……へ？」

「仏の顔も三度までということだ。先代は仏だったが、俺は仏じゃない。しかし、先代には恩がある。前回の決闘のときも見逃してやった。そして今回の組織的な反乱も見逃してやる」

「ほ、本当か？」

雷廉は声を弾ませる。

「自分でも嘘であると信じたいよ。だから早く俺の前から消え去れ、この汚物が！」

その裂帛《れっぱく》の気迫に延宝は腰を抜かすかのように後ずさる。数歩ほど下がると情けない声を上げながら背中を見せ走り去っていく。へたり込んでいた場所には水気があった。失禁していたのだろう、どこまでも情けない男だ。

そのような感想を抱いたが、雷廉にはやるべきことがあった。負傷した部下たちの見舞いをしたかったのだ。それに留角に戦勝を報告しなければならなかった。前者は即座に行えたが、戦勝報告は難儀した。

「——これで二回目だ。一回目はなんとか誤魔化したが、二回目はどんな言い訳をすればいいのやら」

前回、延宝を見逃したのも雷廉だった。留角は即座に殺すべきだと主張し、実行しようとしたのだが、雷廉がそれを止めたのだ。その知謀によって赤幇を拡大させた腹心である留角は延宝を生かしておくことの危うさを熟知していた。

また、愚物とはいえ先代の子を殺すことへの道義心や葛藤も理解しており、自分が汚れ役を引き受けることで雷廉の苦悩を和らげ、その評判を落とさぬように配慮したのである。まさしく理想的な腹心であり、最良の参謀であったが、結果として雷廉の甘さによって雷廉は大切なものをふたつ失うことになる。最高の友とその妹を同時に失ったのだ。

破局の前は静寂に満ちていた。幸福と平穏に溢れていた。雷廉と留砂との婚約が決まったのだ。かねてより惹《ひ》かれ合《あ》っていたふたりであるが、雷廉が赤幇の長となり、精神的に余裕ができると、ふたりの仲は急速に接近し男女の仲になった。

さすれば話は早い。留角は元々、ふたりを結びつけようとしていたし、留家の人々も今さら雷廉をやくざものと後ろ指を指さなかった。雷廉の誠実で実直な人柄は誰からも愛されたのだ。そのような男の元に娘を嫁がせるのを拒むものなどいなかった。ふたりの婚約は誰からも歓迎され、祝福された。——たったひとりを除いて。

禍福は糾《あざな》える縄の如し、幸福と不幸は表裏一体、そのような言葉があるのはそれが事実だからだろう。好事魔多し、幸せの渦中にいた雷廉と留砂、そして留角は忍び寄る悪意の影に気付けなかった。

後継者の目がなくなり、取り巻きからも見放された延宝は酒場に入り浸り、酒に逃避していた。元々、小心にして自己愛に満ちていた彼は麻薬にも手を出し始める。酒だけならば内臓を弱らせるだけで済むが、それに麻薬が加わると歯止めがきかなくなる。延宝は呪詛のように己からすべてを奪ったものの名をつぶやき始める。

「雷廉に留角、絶対に許さねえ……」

その言葉を発するごとに延宝の酒量と麻薬の摂取量は増えた。麻薬は彼の脳を確実に破壊し、破滅への序曲を奏で始める。彼だけでなく、周囲のもの、そしてなんの咎のないものにまで葬送曲を流し始めたのだ。すべてを失った延宝は己の妻を絞め殺し赤子を刺し殺した。そして血塗られた短刀を持って祝言直前の留家に現れた。そこには雷廉との結婚に向け幸せそうに、花嫁衣装の縫い合わせをしている留砂とその両親がいた——。

「ま、まさか……」

　香蘭は絶句するが、椿姫は悲しげにこくりと頷く。

「そう。雷廉の婚約者にして、留角の妹は延宝に殺されてしまったの。留砂は目の前で両親を殺され、郊外に連れ去られ、そこで人間としての尊厳を踏みにじられ、無残に殺された。雷廉と留角が駆けつけたときには、留砂の花嫁衣装は真っ赤に染まっていたそうよ」

「そんな、あまりにも酷い。誰も救われないではないですか」

「そう。誰も救われなかった。雷廉はその優しさによって延宝を救ったのだけど、延宝はその優しさに救われなかった。自分を哀れみ、命を助けてくれた恩人を憎み、恩を仇で返したの。——信じられない、あなたはそう思うでしょうけど、それが人間という生き物なのよ」

　確かに香蘭には分からない。恩を与えれば必ず返ってくるなどという道徳的な考えには染まっていないが、恩を仇で返すなどという不義理な気持ちはまったく理解できない。

「悪人はどこにでもいるの。生まれついての悪人か、環境がそうさせるのかは分からない。でも延宝は生まれついての邪悪だった。雷廉が掛けた情けを恩とは見なさず、恥辱と見なした。なぜ、手下風情の簒奪者に俺の地位を奪われなければならないのか。なぜ、やつに命乞いをしなければならなかったのか。なぜ、俺の周りから人がいなくなるのか。

すべて雷廉と留角が悪い、そういった思考に囚われてしまったの」

そのような思考をするものが、麻薬に手を染めれば、後は破滅しか待っていなかった。

延宝は留砂を滅多刺しにすると、己の首を掻き切って死んだ。

潔い最期と言うことはできない。延宝は本能的にここで自決すれば雷廉と留角を〝呪詛〟できると察していたのかもしれない。血塗《ちまみ》れの妹と同じ場所で死ぬことによって、ふたりに憎悪と葛藤を埋め込むことができると直感したのかもしれない。死者である延宝にそれを問いただすことはできないが、彼がふたりの若者に亀裂を作り、悪意を埋め込んだのはたしかであった。

血塗れになった妹を抱きしめると、留角は血涙を流しながら叫んだ。


「——おまえだ。おまえが砂を殺したんだ！」


留角の視線の先にあったのは延宝の死体ではなく、〝雷廉〟だった。憎悪と葛藤に満ちた瞳をして、呪いを込めた言葉を投げつける。

「おまえがあのとき、延宝を始末しなかったから砂は死んだんだ。俺は二度もやつを殺そうとしたのに、おまえが止めるから」

「…………」

雷廉は沈黙するしかなかった。返す言葉がなかった。一から十まで留角の言葉が正しいからだ。沈黙によってしか己の無力さと無能を表現することができなかった。

「……すまない、留角、俺は」

心の奥底から引《ひ》き摺《ず》り出《だ》した言葉をやっと発するが、状況が変わることはなかった。

留角は腰から刀を抜くと雷廉に斬りかかった。雷廉はそのまま留角に斬られてやるつもりだった。

しかし、雷廉の部下がそれを許さなかった。雷廉は赤幇の長として部下たちの心を掌握していた。義侠たちの心を摑んでいたのだ。部下は留角が組織を大きくするのに多大な貢献をしたことを知っていたし、雷廉に殺意を抱く理由があることを知っていたが、それでも自分たちの長を斬らせるわけにはいかなかった。

雷廉の部下は逡巡《しゅんじゅん》しながらも刀を振り上げた留角を斬りつける。――ざくり、背中を斬られた留角はよろめく。即死しなかったのは部下の一撃に迷いがあったからであろうが、それでも留角の死は免れないように見えた。彼はよろめきながら後退する。その後ろには激流があった。留角は最後の力を振り絞り、呪詛をつぶやく。

「俺は絶対、おまえ〝たち〟を許さない。俺からすべてを奪った延宝も、やつを産み育てたその親も、その親が作った赤幇も。――そしてその赤幇を引き継いだおまえも」

碧眼は怒りに満ちており、蒼《あお》から赤へと変色していた。怒りによって瞳の色が変わることなど医学的にはあり得ない。それでも彼の瞳は赤く燃え上がっているように見えた。

恐怖を覚えた部下はとどめを刺そうともう一歩踏み出すが、実行することはできなかった。留角はそのまま後方にある崖から激流に落ちていったからだ。部下は冷静に崖から激流を見下ろすが、その流れは激しく、荒れ狂う龍のようであった。これでは〝万が一〟も助かるまい、と思ったが、それでも下流を捜索するよう命令を下した。——しかし、結局、何ヶ月経っても留角の死体を見つけることはできなかった。

「なぜならば留角は死なずに生き延びていたから、ですね」

香蘭が沈痛な面持ちで結末を纏めると、椿花魁はこくりと頷いた。

「その通り。留角殿は致命傷の一撃を受けたにもかかわらず奇跡的に生き延びた。その後、中原国の北部を放浪し、猪頭会という組織を立ち上げたの。なんの土地勘もない場所で、徒手空拳の若者が成り上がるなんて、並大抵の苦労ではなかったでしょうね」

椿花魁は終始苦痛に満ちた瞳でこれまでの留角の人生を語った。

「これがあちきが知っているすべて。〝あの人〟が語ってくれたすべてでありんす」

「猪頭会の首領は用心深く、頭がいいと聞きます。なぜ、あなたにすべてを語ったのでしょう？」

「さあ、あちきにも分からないわ」

椿花魁は正直に話す。

「ただの気まぐれか、あるいは心の奥底の秘密を共有したかったのか、もしかしたらあちきが妹さんに似ていたのかも」

「──誰かに自分を止めてほしいのかも」

「…………」

「師から習いました。人間は言葉と行動、心が矛盾した生き物であると。留角殿は赤幇と雷廉殿を心の底から憎んでいる。妹を死に至らしめたものを憎悪している。しかし、復讐《ふくしゅう》を果たすために妹の命を奪う元凶となった〝麻薬〟を売り捌いています。赤幇という大きな組織に対抗するには非合法なことに手を染めるしかなかったのでしょう」

「……本当、人間って愚かよね」

「矛盾と葛藤に満ちているのが人間、それでも〝生きなければ〟いけないのが人間です。留角殿が生きる理由は〝復讐〟でしょう。憎悪だけが彼を支えてくれている状態です」

「人間はなにかにすがっていないと生きていけない生き物だから」

「ならばこそ留角殿を止めなければ。赤幇と雷廉殿に復讐を果たすのは己《おの》が両脚を切り落とすのと同じです。復讐を達成しても立っていられなくなるだけ」

椿花魁は両足がなくても生きている人はいるわ、などという屁理屈を述べることはなかった。香蘭にすべてを話した時点で彼女は香蘭にすべてを託す気持ちでいたようだ。彼女は留角の居場所は知らなかったが、彼がばらまく麻薬、〝涅槃〟の原材料を教えてくれた。

「猪頭会がばらまく涅槃は、荼枳尼《だきに》と呼ばれる茸《きのこ》から作られるそうよ」

「荼枳尼……」

聞いたことがある。南蛮の鬼神の名で、幻術を操り、夜間尸林《しりん》で集会をし、人肉を喰らい酒に溺れ、奏楽乱舞し、性的放縦を伴う狂宴を行うとされている。そんな悪魔のような神の名を冠する茸なのだからさぞ厄介な薬効を持っているのだろう。猪頭会はその名を冠する茸から麻薬成分を抽出する方法を知り得たのだろう。どのように知ったかまでは定かではないが。

「荼枳尼は特定の森でしか取れないわ。それが生える場所を知っているのは留角とその腹心、それとあちきのみ」

「つまりその森を見張っていれば猪頭会の中枢にたどり着けるということか」

香蘭は明晰《めいせき》な頭脳で椿花魁の示唆を言語化する。

「その通りよ」

「彼の嗜好品から居場所を割り出そうと考えていましたが、それよりも有益な手掛かりを得られました」

願ったり叶ったりとはこのことだ。好きな高級煙草の産地、お気に入りの仕立屋などから居場所を突き止めようと思っていたが、本丸の麻薬の主成分から居場所を割り出せるとは一挙両得である。猪頭会の首領の捕縛から麻薬の撲滅まで一気にできる。そのように思ったのだが、香蘭はそのことを夜王に報告すべきか迷った。

留角の悲しい過去を知ってしまったからだ。闇に落ちた理由を知ってしまったからだ。ここで香蘭が夜王に情報を渡せば、ふたりは必ず対峙することとなる。龍と虎が戦う宿命にあるように、炎と氷が互いに相容《あいい》れないように、ふたりは命のやりとりを始めるだろう。どちらかが死ぬまで収まらないことは容易に想像ができた。

それ故に安易に報告できないと思った香蘭は迷いに迷った。腸がねじれるほど悩み、知恵熱が出るほど苦しんだ末に、この葛藤の答えを知っている人物に相談することにした。香蘭は椿姫に礼を言うと、遊郭を後にして白蓮診療所に戻った。

白蓮診療所に戻ってもすぐに尋ねることはできなかった。大事であるし、切り出すきっかけが見つからなかったのだ。数日はいつものように師の手伝いをしていると、白蓮が香蘭に言った。

「おまえに見せたいものがある」

白蓮は診療所に休診の札を掛けると、香蘭の手を引いた。香蘭が連れて行かれたのは貧民街の最奥部だった。日差しさえ差さない薄暗い建物に連れて行かれると、扉を開ける。青臭い甘い香りが充満していた。その匂いがなんであるか、すぐに判明する。薄暗い室内で気怠《けだる》げになにかを〝吹かしている〟連中がいる。瞬時にそれが煙草ではなく、〝大麻〟であると察した。

「ここは阿片窟《あへんくつ》ですか？」

「そうだ。大麻中毒者たちの社交場だよ。こいつらを見てどう思う？」

「皆、気怠げでやる気がなさげに見えます。人生を放棄しているようにも見えます」

「そうだ。大麻、ヘロイン、モルヒネなどを愛用しているやつらだな。いわゆるダウナー系麻薬だ」

「ダウナー系？」

「麻薬は大きくふたつの種類に分かれる。ひとつは覚醒作用や高揚感に特化したアッパー系だ。覚醒剤やコカインだな。ダウナー系は多幸感と心地よさが特徴だ」

「モルヒネは我が診療所でも使われていますが。痛み止めとして」

「そうだ。薬と麻薬は表裏一体だ。モルヒネはおまえの言うとおり、患者の痛み止めとして服用させることもある。末期がんの患者などはモルヒネ漬けにすることで痛みから解放してやることもできる。医療用大麻だってあるくらいさ」

「しかし、ここにいる人々が幸せそうには見えません……」

阿片窟の人々の目は虚ろだった。皆、生気を失っており、生きる気力さえないように見える。くぼんだ目の男と視線が交差したが、彼は香蘭の存在さえ認識していないようだった。

「これが麻薬を摂取したものの末路だよ。大麻は安全だ。依存性はない。煙草のほうが害だ。そのように主張するものもいるが、人間は刺激を求め、どんどんエスカレートする。大麻からヘロインに、ヘロインからコカインやＬＳＤ、そしてさらに刺激が強いものに移行する。たとえば――」

「――涅槃とか」

「そうだ。たとえばあそこに男がいるだろう」

白蓮は壁際の男を指さす。

「やつは南都の大店の息子だったが、涅槃中毒者になって家の金に手を付け、追い出された。今では盗みや恐喝などをして金を手に入れ、涅槃を買っているよ」

あほうだな、とため息を漏らしながら次の男を指さす。

「あいつは涅槃のやり過ぎで頭がおかしくなった。生まれたばかりの我が子の目をくりぬき、食べてしまったそうだよ」

救いようがない、と続けると哄笑《こうしよう》を上げている中年男を指さす。

「あの男は涅槃を買う金を得るために娘に客を取らせている。まだ一二の娘にだ」

一二の童女の姿が目に浮かぶ。先日会った禿はまだ一三であった。それよりも年若い娘に身体を売らせるなど人間の所業とは思えなかった。信じられない、信じたくない、許せない、そんな気持ちが湧き上がってきたとき、白蓮がぎゅっと肩を摑んだ。

「慌てるな。今、話したのは俺の法螺だ」

酷い、と批難することはできなかった。白蓮の意図が分かっているからだ。

「白蓮殿の想像通りのことをしている連中がこの阿片窟に、いや、この南都にたくさんいるかもしれない、ということですね」

「そうだ。俺の考えた悲劇など生温《なまぬる》いくらいの行為をする畜生どもが蠢《うごめ》いているだろう。麻薬によって脳が壊れた人間っていうのはなんでもやるものだ。俺が研修医をしていた頃、麻薬で脳がいかれて自分の左手の指をすべて唐揚げにした男の話を聞いたよ」

白蓮の言葉には実感がこもっていた。麻薬に対する義憤を静かな怒りで示していた。この阿片窟を見ただけでも想像できるし、夏侯門先生のところで麻薬中毒者から麻薬を抜く工程も見たこともある。彼らは皆、人間性が崩壊していた。

中には善良なものもいただろうが、弱き心を麻薬の売人と麻薬自体に蝕《むしば》まれ、人ではなくなっていくのだろう。すべての原因とは言わないが、過ちの源泉は〝涅槃〟とそれを売り捌くものにあると香蘭は悟った。香蘭は迷いなく白蓮に頭を下げる。

「ありがとうございます。お陰で迷いが取り除けました」

「迷子になっていたようだからな。迷子を見つけたら、飴玉《あめだま》を与えてお嬢ちゃんこっちにおいで、と導いてやるのが大人の務めだ」

「怪しげな大人ですね」

「ああ、おまえはそういった大人について行ってしまいそうなので心配だ」

「ご安心ください。陽香蘭、これでも分別はついております」

「なるほど、つまり猪頭会の情報を夜王に渡す決意をしたのだな」

「はい。それによって多くの血が流れるでしょうが、涙の量は減るでしょう。わたしは騒乱の元を作ることになるかもしれませんが、このままでは南都の人々は枯死するかのように苦しむ。やがて流す血涙すらなくなってしまう」

「賢明な判断だ。俺はおまえの決断を賞賛するよ」

「ありがとうございます」

香蘭が礼を言うと白蓮はそのまま夜王のもとへ案内してくれる。なんの疑問もなくついて行く香蘭だが、途中で気が付く。

「そういえばなぜ夜王の居場所を知っているのです。彼は毎回、居場所を変えているというのに」

「やつの居場所には法則がある。不規則ではないからだよ。居場所は陰陽道《おんみようどう》と風水と暗号を掛け合わせて決めている」

「なるほど」

「案外、信心深いやつなのさ。ちなみに暗号は俺が教えてやった」

「そのお陰で居場所を把握できるのですね。先生に対する夜王の信頼度が窺えます」

そのように纏めていると白蓮はとある酒場の横にある物置の前に立っている強面《こわもて》の男に、

「俺様こそは世界の中心」

と言うと、強面の男は中に案内してくれた。ちなみに暗号は白蓮の発想だが、合い言葉は夜王が考えているようで……。香蘭が眉間に皺を寄せていると、「夜王みたいなものを俺の世界では中二病と言うのだ」と教えてくれた。よく分からない精神疾患であるが、治療の必要性はないらしい。

「いつか黒歴史となって恥ずかしく身もだえるだけで害はない。いや、やつの場合は墓の中に入っても治癒しないかもな」

そのような悪口を言っていると、建物の奥から「聞こえているぞ」と不機嫌な声が聞こえてきた。眼帯をした偉丈夫である夜王が出てきた。白蓮は悪びれずに「聞こえるように言っているのだからな」と言った。

「まったく、口の悪い男だ。他人の怪我を治すよりもまず自分の口を縫い合わせたらどうだ」

「針と糸が余ったらそうしようか。さて、今日は我が愚弟子を連れてきた」

「おう、香蘭か。久しいな。遊郭でいい男は見つかったか？」

「生憎と。その代わり涅槃の原材料となる茶枳尼が自生している森の場所が分かりました」

「ほう」

戯《たわ》け気味《ぎみ》だった夜王の瞳に真剣さが混じる。

「つまりほぼ留角の情報を摑んだというわけか」

「留角という名前をご存じだということは、夜王、いえ、雷廉殿は猪頭会の首領が誰か知っていたと解釈していいですか」

「薄々だがね。あのような見事な手際で俺の縄張りを荒らせるのは留角くらいだ」

「不可能なのは承知で言います。親友同士で殺し合うなど馬鹿げている。和議を結ぶことはできませんか？」

「不可能だね」

躊躇なく答える。香蘭も逡巡することなく口を開く。

「――そう言うと思っていました。しかし、わたしはあなたに茶枳尼の自生する森を告げます」

「さすがは白蓮の弟子だ。ことの軽重をわきまえている」

「はい。ですが、交換条件があります」

「それも白蓮の弟子らしい。なんだ、言え」

「留角殿と雌雄を決する戦にわたしもお連れくださ い」

「女の出る幕じゃない」

「無論、戦闘には加わりません。邪魔もいたしません。ただ、見届けたいのです。かつての親友同士が戦う様を、涅槃をばらまくもの、それを阻止しようとするものの行く末を」

夜王は「ふうむ……」と数秒ほど悩んだ末に、「よかろう」と言った。

「おまえがいなければ留角と再会することなく、この街を乗っ取られていたかもしれない。おまえは俺の恩人だ。恩人の言うことは素直に聞くものだ」

「ありがとうございます」

香蘭の声は弾む。

「おまえはどこかで説得する機会がないか窺っているのだろうが、おそらく無駄だ。留角はもう昔の留角ではないはず」

「…………」

「留角は変わった。元々は麻薬を憎む好漢だった。赤幇の勢力を伸張しているときだって麻薬だけには手を染めなかった。やつの妹の死因のひとつも麻薬だ」

「……分かっています。そんな男が麻薬に手を染めたということは」

「やつ自身、麻薬の虜となっているのだろう。麻薬で荒んだ心を慰め、現実から逃避していると見ていいだろうな」

あるいは麻薬を打っている間だけ、妹と〝再会〟できていたのかもしれない。そんな想像さえ浮かぶ。阿片窟にいた人々の虚ろな瞳を思い出すと、香蘭は行動せずにはいられなかった。留角は悪、いや、闇に染まっているが、それを振り払うことができる可能性があるのならば最後までそれを放棄したくなかった。

夜王は香蘭のそんな気持ちなど承知の上で香蘭を森に連れて行くつもりなのだろう。白蓮もそれに気が付いていたので、なにも言わずに付いてきてくれる。

「人死にが出そうだ。医者は多ければ多いほどいいだろう」

そんな言葉で香蘭に賛同してくれると、三人はそのときを待った。留角が茶枳尼の森に現れる瞬間を――。


赤幇の手下が茶枳尼の自生する森を見張る。用心深く、注意深く張りついていると、留角は月に数度、茶枳尼の森にやってくることが確認できた。それも少数の護衛のみで。その数はたったの四人だという。

「必要以上に茶枳尼の場所を手下にも知らせたくないのだろう」

夜王が常識論を述べる。

「そうなれば容易に捕縛できますね」

香蘭が楽観論を唱える。

「さて、それはどうかな」

白蓮が悲観論で纏めるが、一番の知者は彼であった。夜王は留角を捕縛するため、手下の精鋭を四〇名引き連れ、茶枳尼の森を強襲した。夜王は手下たちを手足のように動かし、茶枳尼の森にやってきた四人を捕縛する――そう簡単にはいかなかった。留角が伏兵を潜ませていたからだ。

茂みの中から一斉に飛び出す猪頭会の武俠たち、その数は五〇、赤幇を上回る人員を用意していたのである。

「茶枳尼の自生する場所は秘密中の秘密にしていると思い込んでいた俺の失策だ」

夜王は下唇を噛みしめながら言う。

猪頭会の手下が振るう刀が香蘭に迫るが、夜王は軽々とそれを撥ね除ける。

「さすがは赤幇を片田舎の俠客集団から南都一の集団に押し上げた男だ。俺如きの策略などお見通しであったか」

自己卑下でも皮肉でもない。心の底からの尊敬を込めた言葉であった。夜王はかつての片腕留角の実力を正当以上に評価していた。そしてこの世界は実力が正義ということを知っていた。思わぬ伏兵に次々と倒れていく赤幇の俠客たち、形勢は明らかに赤幇側の不利であり、壊滅は時間の問題だと思われた。

しかし、ここで天が味方する。猪頭会の俠客たちに逆包囲されつつあった赤幇であるが、包囲網が完成する前に援軍がやってきたのだ。

森に、ぶおおん、ぶおおん、と法螺貝と軍太鼓の音が響き渡る。それとともに中原国の正規軍が現れる。一糸乱れぬ動きで突進してくるのは、相当に訓練されている証拠であった。

「あれは南路軍《なんろぐん》か」

夜王は淡々とつぶやく。

「南路軍？」

「知らないのか？　中原国の正規軍、皇太子の直属軍だ」

「そんなことは知っています。わたしが聞いているのは、なぜ、東宮様の軍隊がこのような場所に」

「その答えはおまえの師匠が知っているんじゃないかな」

「白蓮殿が!?」

香蘭が驚愕の表情を浮かべ白蓮を見つめると、彼はやれやれといった風に説明をした。

「俺はかつて東宮の元で軍師の真似事をしていた。留角とやらに会ったことはないが、話を聞いている限り、俺と同じような切れものと聞く。いや、同じ捻くれものかな」

白蓮が捻くれものであることに異論は挟みようがない。意訳すると知者は同じ道を辿《たど》るということだろう。白蓮は見事、留角の伏兵を看破したということだ。

「しかし、これはやくざもの同士の抗争です。よく東宮様を説き伏せましたね」

「北胡の密偵が集まり破壊工作をしようとしている、と嘘をついた」

「なっ……」

絶句してしまうが、白蓮は香蘭の表情を楽しむと、「嘘だよ」と種明かしをする。

「すべてをありのままに話しただけさ。昨今、南都の貧民街で涅槃と呼ばれる薬物が蔓延している。いや、貧民街だけでなく、南都の軍隊にも使用者はいると伝えた」

すべて事実である。涅槃はまるで伝染病のように南都を蝕んでいた。

「麻薬を放置すれば必ず国が滅ぶ。かつて清《しん》という大国があった。世界の富の三分の一を占めると謳われた大国が麻薬によって滅んだのだ」

「そんなことが有り得るんですか」

「有り得たんだ。清という国は英国という島国の謀略によって国力を衰微させた」

白蓮はそこで言葉を区切ると「本当に狡猾な国だよ。英国は」と続ける。

「英国は清の数十分の一しか国土を持たない小国であるが、他国を欺き、争乱の種を埋め込むことに関しては天才的な国だった。自分より何倍も大きな国を分断するため、あらゆる権謀術数を弄したが、そのうちのひとつに、清の国民を麻薬漬けにするという政策があった」

「国がそんなことをしたのですか⁉」

「国だからできたんだよ。英国は清の金銀や絹を欲していた。しかし、自分たちの国に売れるものがないと察すると、当時の植民地に大麻を栽培させ、それを清に売り付けた」

「な……」

「呆れて声も出ないだろう。しかし英国という国はそれを平然と行った。それによって国民を蝕まれ、国を滅茶苦茶《めちゃくちゃ》にされた清は戦争を起こしたが無惨に敗れたそうだよ」

「そんな無道なことをする国が勝ったのですか」

「戦争は正義があるほうが勝つのではない。おまえは北胡が中原国を侵略しているが、正しいほうが勝って、そうでないほうが負けると思い込んでいるのか？」

「……そんなことはありません」

「分かっているじゃないか。そうだ。より強いほうが、より狡猾なほうが勝つようにできているんだよ。ちなみにそのとき起きた戦争は〝阿片戦争《あへんせんそう》〟と呼ばれているが、当の英国の歴史の教科書では、〝貿易上のトラブル〟で起きた戦争と記載されているそうだよ」

「…………」

「俺はもちろん、劉淵も麻薬の危険性は知悉《ちしつ》している。だから危険な薬物を蔓延させるわけにはいかないのだ。ゆえにやつはふたつ返事で軍を出してくれたよ」

からくりを聞けば納得がいくし、必然であった。この国の未来を憂える東宮が麻薬の蔓延など放置するわけがない。そこに気が回らなかった香蘭が知恵が足りなかったと言っていいだろう。そのような感想を抱いていると猪頭会は南路軍によって包囲されつつあった。

南路軍の数は五〇〇をくだらない。それに彼らは戦争をするために訓練を受けた職業軍人であった。武頼漢の集まりとはいえ、やくざものなど相手にならない。あっという間に制圧、捕縛されていく猪頭会の俠客たち。しかし——その中に留角の姿はなかった。彼は最初からそこにいなかったかのように消えていた。

「さすがは知恵もの。形勢不利と見るや即座に逃亡した。そういうところは俺とそっくりだ」

白蓮は感心しているが、香蘭はしない。留角と同時に夜王の姿も見えなくなったからだ。

「夜王が留角を追っています。ふたりは雌雄を決するようです」

「だろうな。最後は組織の長同士でのタイマン、分かりやすい決着だ」

「笑い事ではありません。幼なじみの親友同士が殺し合うのですよ」

「利害が対立すれば親子でも殺し合うものさ」

一般論に終始する白蓮に背を向ける香蘭。

「どうするつもりだ」

「ふたりを止めます」

「そう言うと思った」

白蓮はやれやれと言うと、念のため、南路軍の兵士を三人ほど借り受け、夜王と留角の後を追った。


走ること十数分、香蘭は肩どころか、全身を使って息をしている。運動不足がたたってのことであったが、南路軍の屈強な兵士たちにおんぶをして貰うという醜態だけは避けられた。留角たちに追いついたのだ。

留角たちは森の開けた場所にたたずんでいた。そこには辺り一帯、植物が生えていた。人工的な畑のように見える。

「これは？」

白蓮は畑に生っている実に手を触れると、「これは芥子《けし》だな」と断言した。

「阿片の原材料だ。涅槃は茶枳尼だけでなく、芥子なども合成して作る麻薬のようだ。

ここで栽培すれば一挙両得だし、この森の土地は芥子を栽培するのに適しているのだろう」

化学者のような口調で言うが、その事実よりも注目しなければいけないのは、夜王と留角だった。

ふたりは無言でたたずんでいる。ただ鬼気迫るような緊張感が漂っており、声を掛けていいのかさえ迷う。ふたりの因縁を知らない南路軍の兵士は留角を捕縛しようとするが、夜王が怒声で制す。

「近寄るな！　今、鬼が近づくならば鬼を斬り、神が寄れば神を斬る！　東宮の配下とて同じ！」

あまりの胆力の前に南路軍の兵士は固まる。彼らは東宮を通して夜王の実力と性格を知っており、容易に手出ししてはいけないと悟ったようだ。しかし、香蘭は悟れない。説得を試みる。

「夜王殿、それに留角殿、矛を収めてください。幼なじみの親友同士で争うなど馬鹿げています」

その声に対し、留角は微かに微笑む。

「昔ながらの親友だからこそ、決着をつけたいとは思わないかね」

「友人とは剣で語り合うものではありません。杯を持って語り合うもの」

「なるほど。世間ではそうなっているようだが、俺と雷廉はもはやこれでしか分かり合えぬ」

留角はそう断言すると腰から刀を抜く。夜王もそれに倣う。

「そうだな。もはやこれで決着をつけるしかあるまい」

ふたりの友情の開始点は青春の汗であったが、決着は厳冬の血なのであろうか。ならば神はなぜこのような過酷な運命を課すのだ。香蘭は呪詛する。

留角は香蘭の願いを無視するかのように剣を振り上げると本音を吐露する。

「俺はおまえが憎い。おまえの優しさが憎かった。実はな、あの賽子には仕掛けがしてあった。おまえが勝つようにできていたんだよ」

「そんなからくりがあったのか」

「ああ、おまえの優しさや人徳は王者の風格があった。赤帮の長になり、勢力を拡大させるのはおまえしかいないと思っていた」

「有り難い……ことなのだろうか」

「さてね。俠客の長も楽な商売じゃない。あるいは俺は面倒ごとを全部おまえに押しつけたかったのかもしれない」

「本音をありがとう。俺はおまえの知恵を買っていた。おまえのような男を参謀に得られるなど、いにしえの彎《わん》の国の軍師冷審《れいしん》を得た気持ちだったよ」

「有り難い」

「それに俺はおまえを実の兄弟のように思っていた。実の兄弟のように慈しんでいた。実の兄弟のように愛していた」

「俺もだよ、と言ったら気持ち悪いかな」

夜王は、いや、雷廉は首を横に振る。

「まさか、そんなことはない。しかし俺とおまえの終着点がこうなるとは夢にも思っていなかった」

夜王の剣の柄にも力が籠もる。ふたりは侠客たちの長、剣の腕前は達人と同等だった。剣を抜いた瞬間に勝負は決まるだろう。香蘭は瞬《まばた》きせぬようにふたりの動作を見守るが、勝負は刹那でついた。

僅かに腕が動いたと同時に、剣は抜き放たれ、線を描いた。糸のような剣の線が交差する。どちらかに命中していればそのものは致命傷を避けられないだろう。

（……どっちだ。どっちが斬られた）

香蘭は固唾をのんで見守るが、倒れたのは夜王のほうであった。

「や、夜王殿！」

香蘭は彼に駆け寄ろうとするが、白蓮に肩を摑まれる。

「これは男同士の勝負だ。女が、いや、他人の出る幕ではない」

「しかし、我々は医者です。負傷者を放っておけません」

見れば夜王はまだ息をしていた。傷は浅く、治療をすれば治るように見えた。白蓮とてそれは分かるだろうにと思ったが、白蓮はあくまで決闘の作法を語る。

「一度決闘を始めれば互いに命を奪い合うまで続ける。留角は夜王にとどめを刺す権利があるし、夜王は殺される義務がある」

「そんな権利も義務も知ったことではありません！」

香蘭はそのように言い放ち、駆け寄ろうとするが、香蘭の足の遅さとこの距離ではどうにもならない。留角が勝者の権利として剣を振り上げ、それを振り下ろすのを止めることは不可能のように思われた。

香蘭は下唇を噛みしめながら己の無力さを嘆き、今、この場で〝韋駄天《いだてん》〟の足の速さを得られるのであれば、両足を捧げてもいいとさえ思った。だが、そのような奇跡は起こることはなく、代わりに〝留角〟の全身に火矢が突き刺さる。

なにごとが起こったのだ⁉

香蘭は困惑し、周囲を見渡すが、そこには殺気だった猪頭会の侠客たちがいた。彼らが自分たちの首領に火矢を放ったのである。

「同士討ち⁉」

あり得ない、と続けるが、白蓮は冷静に解説する。

「赤帮は義で結ばれている組織だが、猪頭会はそうではなかったのだろう。彼らは〝利〟で留角に付き従っていたようだな」

「しかし、それでもこの土壇場で裏切る理由が分かりません」

「なにを言っている。今、この場で裏切らないでどこで裏切る？　今ならば南路軍との戦いで戦死したと吹聴できる。そして留角が死ねばその腹心が後釜に座れるのだ。なにを躊躇することがある？」

白蓮は卑しい人間の心情を説明する。

「猪頭会の虎の子の茶枳尼を失った。南路軍によって構成員の過半は捕縛された。もはや猪頭会は風前の灯火だ。しかし、留角が長年貯めた金はある。それを奪う絶好の機会と思ったやつがいてもおかしくないだろう」

「……麻薬を売り捌いて金を得るような連中です。自分たちの首領を売ってもおかしくないということですか」

「そういうことだ。やつらの考え方は親でも主でも売り払え——ただし、できるだけ高く、なのだろう」

そのように纏めると、白蓮は南路軍の兵士に彼らを追わせた。卑劣なことをする動機は理解していたが、それを許すかは別の話である。やつらには鉄槌《てっつい》を下すべきであった。

こうしてこの場に残されたのは香蘭と白蓮、夜王と留角になるが、香蘭と白蓮は夜王の元に駆け寄り、彼の治療をした。当座の止血をするが、命に別状はないようだ。問題なのは矢が四本も突き刺さっている留角のように思われた。

首、胸、腹、膝、ほとんどが致命傷と言ってもいい箇所に火矢が刺さっていた。さらに言えば彼の衣服は火矢によって燃え上がっていた。早く鎮火し、矢傷を治療しなければ、と駆け寄ろうとするが、それを制止するように留角は剣を振り回す。寄らば斬る、という意思表示であった。そして、彼は香蘭たちに一刻も早く立ち去るように命令をする。

「この芥子畑にはたっぷりと油を撒《ま》いてある。赤幇の連中をここに誘い込んで火あぶりにしようとしていたからな」

あるいは証拠隠滅も兼ねていたのかもしれない。用意周到な男であった。

たしかに見れば辺りは炎に包まれていた。火の勢いはすさまじく、このままでは炎に巻かれてしまうだろう。というかすでに逃げ場がないように思われた。香蘭と白蓮は一酸化炭素中毒にならないように腰をかがめるが、一本だけ火がない道があった。白蓮いわく、「火計」の常套手段であえて一本だけ逃げ道を用意し、そこに伏兵を配置し、敵を討ち取る戦法があるのだという。

「この期に及んで猪頭会に伏兵はおるまい。そこから夜王を運ぶぞ」

「承知しました。それは白蓮殿にお願いいたします」

「おまえ、まさか、ここに残るつもりじゃあないだろうな」

「残るつもりです。お叱りを受けるのは分かっていますが、わたしは最後まであの人を説得したい」

「無駄なのは分かっている。おまえの決意を変えるのも、あいつの心を変えるのも。だが、時間がないことは事実だ。俺は夜王を運び、治療をしている。おまえは留角の最期を見届けてこい。愛に生き、愛に死ぬものの最期をその瞳に焼き付けろ」

そのように結ぶと、夜王を背負い、白蓮は炎から脱出した。誰もいなくなったのを確認すると、香蘭は留角に近寄る。彼は刀を振り回さない。振り回す体力は残っていても、気力が衰えているのだろう。あるいは彼も最期に誰かと語り合いたかったのかもしれない。

香蘭は留角の瞳をまっすぐ見つめると、静かに尋ねた。

「最初から雷廉殿を殺すつもりなどなかったのですね」

僅かの間を置いて留角は首肯する。

「……もはや猪頭会はこれまでだ。いまさらやつを殺しても破滅は免れない」

「親友だからではないですか？　刀傷が浅かった。迷いがあったように見えます」

「……憎しみは込めていたよ。やつは妹の敵だからな」

「それは貴方《あなた》が無理矢理そう思い込んでいるだけでは？　心の底ではそうではないと思

っているのでは？」

「……根拠はあるのか」

「先ほどの刀傷です。それと貴方は椿姫に自分の手掛かりをわざと教えた。本当は友に自分の悪行を止めて貰いたかったのではないですか？」

「……分からぬ。分からぬよ。俺の心は俺にも分からぬ。ただ憎しみだけが俺の両脚を支えてくれていた。赤幇を潰すことしか頭になかった」

「その間、妹さんのことを思ってはいなかったのですか？　妹さんが生きていればそのような復讐、決して望まなかったはずです」

「……儒学者のような道徳論だな」

　留角は鼻で笑うようなことはなかった。

「そうですね。でも、不幸な人を増やさない知恵だと思っています」

「ならば俺は浅知恵の持ち主だ。存外、あほうなのかもしれぬ。聞いてくれ」

「はい」

「最近、年々、妹の顔が薄れていくのだ。あれほど可愛がった妹の顔が思い浮かばないのだ。美しく、儚《はかな》かったと記憶はしているが、輪郭がぼやけているのだ」

「……それは愛していないからではありません。皆、同じです。どんなに敬愛していた父母も、どんなに慈しんでいた子の顔も、長年会わなければ忘れていきます」

この世界には白蓮の世界にあるような写真はない。絵も写実主義ではない。長年、死者の顔を記憶することなど不可能であろう。しかし、それは留角にとって耐えがたいことのようだ。己のすべてを揺るがす事態であるのかもしれない。だからこそ〝滅び〟の道を選ぼうとしているのかもしれない。そう確信したが、それでも香蘭は留角を背負い、炎から逃げる選択肢を選ぶ。

「……馬鹿な娘だな。おまえも焼け死ぬぞ」

「承知です。だけど、あなたを見捨てることはできない」

「……好きにしろ。この矢傷だ。もうどうにもならん」

諦観の響きがあった。生きることを諦めた人間の言葉であったが、香蘭はそれを無視し、留角を背負い歩み出す。

炎が香蘭に迫る。一酸化炭素で呼吸が困難になりかけているし、香蘭の着物にまで火が付きそうな勢いであったが、それでも香蘭は留角を見捨てなかった。留角は虚ろな目で炎を見つめている。

留角はもはやどうでもいいと思っていた。

自分を背負う娘の気持ちが善意であり、温かさに溢れた行動であるとは分かっていたが、それを素直に受け取ることすらできないほど疲弊していたのだ。心も身体も。

だからこのままこの名も知らぬ娘と共に炎に焼かれるつもりであったが、それはできなかった。どこからともなく、声が聞こえてきた。

〝――兄さん、その子を助けてあげて〟

留角は身体をこわばらせる。妹の顔も声も遠い過去のものであったが、忘れたわけではなかった。

確かに今、妹の声が聞こえた。

留角は左右上下を見回す。左前方に花嫁衣装を纏った妹がたたずんでいた。

「砂……」

万感の思いを込めて妹の名前を口にする。留角を背負う娘は奇異な表情で振り向いたが、気にせず妹に語りかける。

「ああ、そうだ。おまえはそのように美しい顔立ちをしていた。その花嫁衣装も綺麗だなあ」

「留角殿。なにをおっしゃっているのですか?」

困惑する香蘭。

「砂、ごめんよ。俺たちがやくざものになったばかりにおまえに辛《つら》い人生を歩ませた。

苦しい思いをさせた」

〝そうかもしれない。でも、わたしは幸せだった。兄さんの妹に生まれて、雷廉の許嫁《いいなずけ》になることができて〟

「……そうか、幸せだったのか」

〝この上ない幸せよ。わたしは来世でも兄さんの妹に生まれたい。そして今度も雷廉に嫁ぎたい〟

「……そう言ってくれるか」

留角の頬に涙が流れる。それが香蘭の肩に落ちると、留角は最期に人間性を取り戻した。留砂の大好きだった〝兄さん〟に戻った。

最後の逃げ道も炎で塞がれ、往生している香蘭の背中から降りると、彼女に「ありがとう」と感謝の気持ちを伝え、抱き上げた。そしてそのまま香蘭を炎の外に放り投げた。彼女は最後まで抵抗したが、それでも留角の力強さが勝ったのだ。

留角はそのまま炎に巻かれて死んだ。

南路軍が猪頭会の首領の死を確認するため、焼け焦げた芥子畑を捜索したが、立派な体格の男の焼死体が見つかったという。炭化した留角の死体は誰かを抱きかかえるような体勢で死んでいたという。

こうして赤幇と猪頭会の抗争は終結した。

猪頭会は壊滅し、荼枳尼の森は焼き払われ、芥子畑も燃え落ちた。涅槃の製造方法も失伝し、今後二度と南都で涅槃が流行ることはないだろう。

多くの血が流れたこと以外は、誰もが納得する結末を迎えたと言ってもいいかもしれない。

白蓮は「炎でおまえの髪がちりちりになったのも損害のひとつかな」と冗談を飛ばすが、それは香蘭の心を慰撫《いぶ》するための軽口であった。香蘭はあの森での出来事を忘れることはできなかった。

日々、白蓮診療所で働きながら、留角の最期を思い出していた。彼は最期、死んだはずの留砂と邂逅《かいこう》しているかのような言動をしていた。死の間際の幻覚と見ることもできるし、燃え上がった芥子によって幻覚を見たと解釈することもできる。阿片には幻覚作用があるのだ。しかし、香蘭は幻覚の類を見ることはなかった。どのように解釈すればいいいか迷った香蘭は、ある日、己よりも知恵があるもの——白蓮に率直に尋ねた。彼は珍しく神妙な顔をすると、慎重に言葉を選んで言った。

「それはおまえが決めることだ。死の間際に脳の活動が活発化し、妹との思い出が鮮明によみがえったのかもしれない。あるいはおまえの言うとおり芥子の成分によって幻を見ていたのかもしれない。あるいは霊的な存在となった妹が兄を改心させようとやってきたのかもしれない。考え方は無数にある」

師は都合のいい答えなど用意してくれなかった。この人はいつもそうだ。香蘭の前方にある無数の道を明かりで示してくれるが、どれを選ぶかは香蘭自身に選択させる。

それが人としての無上の優しさであることを知っている香蘭は微かに微笑むと、自分の中での解釈を決めたが、それを人に話すことはなかった。だが、おそらく、白蓮も夜王も香蘭も同じ結論にたどり着いただろう。

人間の中に芽生えた善なる心は、小さくはなっても消え去ることはないのだ。それが香蘭の解釈であった。

＜初出＞

本書は書き下ろしです。

この物語はフィクションです。実在の人物・団体等とは一切関係ありません。

◇◇メディアワークス文庫

宮廷医《きゅうていい》の娘《むすめ》5

冬馬《とうま》 倫《りん》

2022年5月25日 初版発行

発行者 青柳昌行
発行 株式会社KADOKAWA
〒102-8177 東京都千代田区富士見2-13-3
0570-002-301（ナビダイヤル）
装丁者 渡辺宏一（有限会社ニイナナニイゴオ）
印刷 株式会社暁印刷
製本 株式会社暁印刷

Printed in Japan
ISBN978-4-04-914364-5 C0193

メディアワークス文庫 https://mwbunko.com/

本書に対するご意見、ご感想をお寄せください。

あて先
〒102-8177 東京都千代田区富士見2-13-3
メディアワークス文庫編集部
「冬馬 倫先生」係

◇◇◇

水の後宮

鳩見すた

後宮佳麗三千人の容疑者に、皇子の密偵が挑む。本格後宮×密偵ミステリー。

　入宮した姉は一年たらずで遺体となり帰ってきた──。

　大海を跨ぐ大商人を夢見て育った商家の娘・水鏡。しかし後宮へ招集された姉の美しすぎる死が、水鏡と陰謀うずまく後宮を結びつける。

　宮中の疑義を探る皇太弟・文青と交渉し、姉と同じく宮女となった水鏡。大河に浮かぶ後宮で、表の顔は舟の漕手として、裏の顔は文青の密偵として。持ち前の商才と観察眼を活かし、水面が映す真相に舟を漕ぎ寄せる。

　水に浮かぶ清らかな後宮の、清らかでないミステリー。

あなたと式神、お育てします。

~京都西陣かんざし六花~

仲町六絵

好きな品をお選び下さい。ここは式神の生まれる店、京都西陣かんざし六花。

かの安倍晴明に連なる陰陽師「桔梗家」の跡取りとして生まれた青年・晴人は、京都は哲学の道で不思議な和装美女・茜と出逢う。

彼女が西陣で営む「かんざし六花」には式神を「育てる」裏の仕事があった……故郷の神様との約束、西陣に迷うこけしの思い、会津で「祇園祭」を守る女性の決意。

珊瑚玉から生まれた式神・さんごを連れて、晴人は京都と一族にまつわる不思議に触れる——

古都・京都が式神と陰陽師を育む、優しいあやかしファンタジー。

メディアワークス文庫

おとなりの晴明さん
~陰陽師は左京区にいる~

仲町六絵

わたしの家のおとなりには、どうやら
あの「晴明さん」が住んでいる——。

一家で京都に引っ越してきた女子高生・桃花。隣に住んでいたのは、琥珀の髪と瞳をもつ青年・晴明さんだった。

不思議な術で桃花の猫を助けてくれた晴明さんの正体は歴史に名を残す陰陽師・安倍晴明その人。晴明さんと桃花の前には、あやかしたちはもちろん、ときには神々までもが現れて……休暇を奪うさまざまな相談事を前に、晴明さんはいつも憂鬱そうな顔で、けれど軽やかに不思議な世界の住人たちの願いを叶えていく。

そして現世での案内係に任命された桃花も、晴明さんの弟子として様々な事件に出会うことになり——。

悠久の古都・京都で紡ぐ、優しいあやかしファンタジー。

メディアワークス文庫

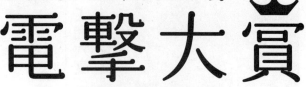